格致文库

我的诗的故乡

朱英诞 著
陈均 编

山西出版传媒集团
北岳文艺出版社
BEIYUE LITERATURE & ART PUBLISHING HOUSE
·太原·

图书在版编目（CIP）数据

　我的诗的故乡 / 朱英诞著 ; 陈均编 . — 太原 : 北岳文艺
出版社 , 2019.1
　（格致文库）
　ISBN 978-7-5378-5751-2

　Ⅰ . ①我… Ⅱ . ①朱… ②陈… Ⅲ . ①诗词—作品集—
中国—现代②随笔—作品集—中国—现代 Ⅳ . ① I216.2

中国版本图书馆 CIP 数据核字（2018）第 257837 号

书　　　名：我的诗的故乡
著　　　者：朱英诞
编　　　者：陈　均
责任编辑：韩玉峰
书籍设计：鸿儒文轩·书心瞬意

————

出版发行：山西出版传媒集团·北岳文艺出版社
地　　址：山西省太原市并州南路 57 号
邮　　编：030012
电　　话：0351-5628696（发行部）
　　　　　0351-5628688（总编室）
网　　址：http://www.bywy.com
E - mail：bywycbs@163.com
经 销 商：新华书店
印刷装订：北京中华儿女印刷厂

————

开　　本：787mm×1092mm　　1/32
字　　数：149 千字
印　　张：8.5
版　　次：2019 年 3 月第 2 版
印　　次：2019 年 3 月北京第 1 次印刷
书　　号：ISBN 978-7-5378-5751-2
定　　价：48.00 元

目录

序：沧海月明珠有泪

——略谈朱英诞及其散文

编辑嘱给这本朱英诞的散文小集写一篇"说明"，云全书都是由民国旧刊上的旧文和手稿整理而成，体例及形成过程都比较特殊，因此有必要向读者交待一番。听罢，我就"动手动脚找材料"，去寻找十余年前的记忆（"锦瑟无端五十弦，一弦一柱思华年"），——写博士论文收集资料时，偶睹《吴宓小识》。此是第一次见及朱英诞文。在2006年的文档里，还找到了写给北京大学新诗研究所诸师的"提议"，建议收集、编选、出版朱英诞的诗文。此处摘其开首数语，以作朱英诞之简介：

在废名先生的《林庚和朱英诞的新诗》和《〈小园集〉序》中，有一个"少年诗人朱英诞"的神话及身影。朱英诞于一九二八年开始写诗，一九三二年在民国学院读书时结识林庚，后由林庚荐与废名。废名在《〈小园集〉序》中即写了这一相遇，称赞朱英诞"五步成诗"的才华。朱英诞的诗风处于林庚与废名之间，旨趣上与废名相近，而自成格局。

废名在北大讲新诗期间，朱英诞亦贡献意见。废名返乡前，荐朱英诞于周作人，于是乃有朱英诞在北大讲诗。是时，朱英诞担任北大"新诗研究社"导师，并开新诗课，废名"谈新诗"仅谈至郭沫若，朱英诞便接下来，一直讲到废名、林庚和《现代》。这本北大石印的《现代诗讲义》至今犹存，是非常少见的新诗史上的诗论。

从一九三二年至北平沦陷期间，朱英诞是相当活跃的诗人，诗文见诸京沪报刊，出版诗集《无题之秋》，《小园集》亦编就，并参与北平文学圈的文学活动，比如东安市场的"沙龙"等。从北平光复至解放，时运转换，一方面，友朋零散，朱英诞渐渐失去发表作品的空间，另一方面，或许也是为了保护自己，朱英诞以一名重点中学语文教师为业，不再发表作品，此后早早退休，成为"文学史上的失踪者"。

其时，朱英诞仍创作不辍，直至一九八三年冬去世。据闻，共自编新诗集二十余本，有诗三千多首，散文几大包，旧诗集八册，京剧剧本若干，并写有《李贺评传》《杨诚斋评传》等。

这几段话如今重看，竟也惹动我的一番情思，尤其今夜乃是七夕之夜（"庄生晓梦迷蝴蝶，望帝春心托杜鹃"）。而且因当日写下这番文字便算是"初心"。事隔已近十年，朱英诞的诗文虽有零星出版，但还难说尽如人意。但差可告慰的是，朱英诞在公众或研究者眼中的形象，已从"文学史上的失踪者"转成新诗史上的"隐逸者"，获得了一个较打眼的位置，两部规模较大的百年新诗选集都选了朱英诞较多的诗作。也许，无论如何也不会有再被湮灭的命运了吧。念及朱英诞当年在小院中青榆下孤寂的日日写作，去世前指其作品托付给长女，遗稿俱藏于一纸箱，真有所谓碧海青天、今日何日之感。

集中所选的绝大多数文章，皆是我在电脑上用"一指禅"一字一字录入。不过情形也不是那么糟糕，譬如读朱英诞的自传《梅花依旧》时，因手稿笔迹杂乱，影响阅读，总是读不完。正值在沪上过春节，耳畔皆是上海话、麻将音，百无聊赖。便想：不如打字，聊以度日吧。此后是获允给《新诗评论》做"朱英诞小辑"，一时高兴，便将在民国旧刊上找到的朱英诞文章，以及挑选部分从朱家纸箱里翻拍的手稿，录将起来。再后来是朱英诞晚年所写两部评传，也是因为手稿太乱，断断续续看了很久，也接不上来，干脆边打边读……

打来看去，温暖愉快之余，也因有所感。在其他文章里，我曾略说朱英诞的散文风格：一是"现代文学的活化石"。如果将朱文放置在现代文学里，大约是梁遇春一流，算是一位风格独特的作家，但还并不很特别、很了不起；但如果回放在当代文学里，则几乎是突兀般耀眼，因二十世纪五十到七十年代的时代气氛和文学风气，实在是容不得别样的风格。朱氏本人自知难为新社会所用，不能发表，做好了藏诸书箱、留诸后世的准备，故能保持既有风格，为自己而写作，这一绝境反而成就了"空谷遗音"。即如曼杰斯塔姆所说"诗艺即政治"。因此，我常以为，朱英诞在当代的写作，其诗文不仅耐读，亦有可挖掘的思想史之意义。

二是"可见融传统与现代于一体之企图；其文风清婉曲致，娓娓道来，自成一格，散发出独特的叙述魅力"。这是给台版朱英诞书写的广告语，但又不仅仅止于此。以我陋见，一个人的写作自有其原型，此原型支撑他的写作（是其写作资源、写作动力），也限制他的写作（写作的范围及能力）。而"强力诗人"则是不断与之搏斗而得以诞生。朱英诞的原型即是诗人，我曾论说二十世纪三四十年代的"废名圈"，当年废名、林庚、朱英诞、沈启无这些"前线诗人"，所追求的新诗的"现代性"，被表述成以传统与现代相结合、并形成中国新诗的古典风貌（大意如此）。朱英诞的诗，恰是这一追求的最佳体现之一。由诗而及文，其散文的风貌也可作如是观。其风格之清丽婉转亦是由此生发、延伸而来。

朱文的风格，"自然而然"这一特质也很特出，正是东坡髯仙所说"行于所当行，止于所当止"。他的诸多文章，都会顺手记下写作的时辰。久而久之，与正文也浑然一体，就是视为文章的一部分也未尝不可，还别添趣味。因此，在整理其自传《梅花依旧》，我便原样保留了其文段落里所标注的写作时间，因这些不但是朱氏的写作习惯，亦是朱文的节奏、状态与味道。数十年后，我们仍可藉此感受朱氏的所思所想（"沧海月明珠有泪，蓝田日暖玉生烟"），犹如和朱氏在这些时刻在纸上直面相见。

朱氏的写作生涯之长，在二十世纪中国文学里或是数一数二（从一九二八年到一九八三年），尤其是在退休后的二十年里，朱英诞念兹在兹的便是新诗。闲来翻读他庞杂的遗稿，我所看到的，就是他几乎每天都在写诗、改诗、誊诗，常常给自己的新旧诗作分卷编集，反复给自己自编的诗集写序跋小记，不断的变换各色笔名斋号，写下的种种文字大多与诗有关，……如此凡数十年，这种写作的样态，不同于一般现代作家，反而和古代文人颇为相似，可说是一位生活在现代的古人。或者，也可用顾随喜用的"古典文心"状之。

集中文章，朱氏所用笔名甚多，不仅是在民国旧刊上发表的旧文（因此当初找起来也就比较费事），而且大量手稿多署不同笔名，或许会使初读者"丈二摸不着头脑"。在朱氏遗稿里，有一个粘贴旧作的剪报本，我曾见一纸，上书《笔名记录一》，记有"岂梦、朱英诞、庋同、振鹭、棣威、君潜、锡瀛、泽镛、舜弦、朱绅、柘潇、朱方仙、傑西、朱清和、进衡、朱丹庭、朱执御、冬坡、霜林、凫晨、朱曦、石木、朱青榆、杞人、损衣、琯朗、朱芳济"等名字。据朱英诞长女朱纹的统计结果，这些仅仅是"冰山之一角"，只是朱英诞所起所用的笔名中的一小部分而已。

朱氏有文名《诗的珠玉》。多年来，在读这些"大珠小珠落玉盘"的文字之时，我似乎也和作者一道，回到那些时刻，那些于人虽微、于己却重大的时刻，譬如，与祖母一起吟哦《长恨歌》的一刻；第一次踏进一座小楼，见到文学启蒙老师的一刻；写出所存的第一首诗《街灯》（朱氏记作"雪夜跋涉"）的一刻；从津沽迁至北平，见到林庚的时刻；一个人走过长安街访废名不遇的时刻；废名戏称他与林庚为"双白骑"的时刻；……（"此情可待成追忆，只是当时已惘然"）。诗歌及其友谊，废名给朱英诞《小园集》作序云"乐莫乐兮新相知""是个垃圾成个堆"。

两年前，编就本集，定名之时，我一直在"诗的珠玉"和

"我的诗的故乡"之间犹豫徘徊（像是卞之琳诗里在窗内看桥上的人），想着要是都能用上该多好。但是书名似乎只能有一个，故最后思来想去，还是选了后者（委屈前者做了卷名），因文学、记忆与古籍，便是朱英诞诗的"故乡"，亦是一切好的中国文学的"故乡"。是为记。

陈　均

乙未七夕于燕北园

上卷

诗的珠玉

《无题之秋》自跋①

对于秋，依常情是多怨声的，不过像唐李迥秀的好句："仙藻丽秋风"，却又令我无话可说；题名不过此意。

除《春寒》《红日》《野望》《雪之前后》《望海楼前》《海上的梦》及《夏之蝴蝶》八首是旧作而改了姑存之的以外，秩序已全失；因易稿若干次且向无标年月日的习惯也。韵律诗完全是试作。印出，乃为了结束一个阶段，就便作为私生活的一点点缀而已（至关于六个韵律诗体的节拍，构造，句调，以及韵脚等，跋中既不可作情报，则唯有另借机会去找文章了。《春草与羌笛》是微与《长夏小品》不同的尝试，即试把每一句Compose的构造法变为Montage，这在节拍上，不但可以免去点Time nuisance，而且似更适于Repetition作用的）。静希先生前曾为我选诗，今又为我写序，理当于此重行致谢。森

---

①原载《无题之秋》，朱英诞著，一九三五年十二月印。

君助校；宿作封面，均不另。

朱彦英诞，廿四①，十二，北平

———————

①原书错印成"廿五"，被作者改成"廿四"。见之于北京大学图书馆所藏朱英诞题赠给周作人的《无题之秋》。 ——编者注

《小园集》自序

我爱江南，虽然我不甚喜雨。传说中的江南黄梅天气的那种沉闷，确实把我的怀乡病打消了大半。

我爱北京，是爱这里特有的秋高气爽；但是也爱北京的深巷，还有幽居："绿荫生画寂"，宜于我追怀我的诗的故乡，——"白日心情"，我的最早的诗思。

北京，——改称北平是什么时候的事情？这儿，除了园林深密，几乎小门深巷家家宅边有古树，家家各自形成一个小园。常时是过门一瞥，大启哀思。就是深户掩花间看起来像是沉闷的，不知道庭院深几许，实则并不缺失生存空间。古老的理想："不取高深，但取旷敞"，与我的绕屋的篱园，更无根本的不同了。

在北京这儿，深刻体验到"寂寞人前"的况味，倒并不足异；最有趣的是，这儿的冬春两季的大风，那种可怕的狂风，像一团棕黄色的大雾，而又声震屋瓦地摇撼着纸窗木屋，以及江南游子的魂魄的，虎虎的大风，刮起来时，屋里的灯光却更明亮，心境却更平静，冬天的，或春天的狂风，就是它似乎也来得自由自在，自然而然！虽以善写"大块噫气"的漆园，傲吏工力焉能及此？何况我们的"诗的散文化"！什么叫"近于野战"呢？

　　然而在平凇，我们的落月孤城该是仅有的一点陆地的影子了吧——在这四海为家的时刻。我是多么羡慕巴哈的终身不出乡里一步啊！若云"在乡下重建都市"，是未免概乎言之了。

民国廿五年

冶游郎①

　　在我的生活里，有两种很宝贵的东西，那就是病院与美容店，此刻要写在下面不知要算赋比兴里的哪一种，但是这两种东西于我都是很亲切的，所以还是写下去再看。

　　我觉得有好些诗人都正是春日的冶游郎。他本可以乘兴而去兴尽而返的，这样的生活似乎就很丰富，然而有人也喜欢预先修饰一番才有高兴去玩，这当然更好了，然而不幸，春天是一个生长的时候，又正是一个生病的时候。"自然"要人有一个春天的风味，到美容店里换一副生气出来，却也要人到病院里去换，这就最好不要安了怕死的心，有人一进病院反到惴惴起来，实在与去住病院的初意不相成的，最好要对于这里的美食，与很难得的有人送来的花，在这"食色"之外，甚至于可以抱定那一两条窗子作生活，因为此处你可以不辨东西南北四方之志，其实你已经很富贵有余了，等到病体全愈，病人重新

_____

　　①此文原载于一九三七年《新诗》第二卷第一期。作者署名"朱英诞"。

又是一个春日的冶游郎。

　　具体而微，宇宙好比一条大道，里面有美容店，有病院，也还应该有诗坛，你远远看见了这一个坛、你如果把它当作诗坛，自不防打马就走，如果把它当作一个花园，你邀我奔上前去，我自然也不反对，可是我记起朱国桢的两句话：病中必有悔悟处，病起莫叫忘了；我还可以反过来说：病中必有悔悟处，病起都应该忘了；莫叫忘了是叫你莫忘了你曾在病院中从苦处修来的美食、美色，及夫像培根的把一部书藏在一句话里的窗子；而应该也忘了它则是你病院中的所有，都是在你目下的春天里随便哪一个地方都能摘折下来换上去的。再如，莎士比亚一生的作品，岂不是一部"赋得女人集"吗？你即是一个冶游郎，你便可以尽先的壮观宇宙了。可是在许多写诗的师友之中，我自己知道我是一个"布衣，"而且现在把扶乩的一个意象也丢了，我很可惜这个宗教的情感，我不能在这里多写，本来人生除了归宿没有很简单的事情，我最表示好学的心，以上都是我对于诗坛的一种看法，其实也是于大家问卜如隐花植物究有几种而已。至于是不是关于诗的文章，我很惭愧我的偷闲，没有谈别人的诗，也没有谈自己的诗，只好等下次有机会再写文章，再来弥补。

　　　　　　　　　　　　　　一九三七年二月，北平，序跋园

捉　空①

　　我一直为一句诗管拘了这么久，不动笔写一句诗。这一句诗乃是杜甫的一句，是一首诗的末一句：

　　　　五陵佳气无时无

其实这一句话有什么可爱，你说得辛苦，我也还是说不明白，自然果然要比他的那一对诗：

　　　　红豆余啄鹦鹉粒，
　　　　碧梧栖老凤凰枝

或者还是中等，不过后面这两句也殊不是普通的偶俪而已的。

　　①此文原载于一九三七年五月《新诗》第二卷第二期。作者署名"朱英诞"。

而我今天偶然豁然开朗了吗？想去到另外一点世界大事。诗与小说有什么分别？诗与小说焉能有什么非别。无论在哪一方面左思右想，都莫不是一个。

青山正浦墙头缺

这个定义，我与之定情已非止一日了，也没有理由可寻。我只问一句，我们的古风从诗，十九首，汉魏，五代一直到新诗自由诗发展了一个什么东西？王渔洋的话，说是，"炼句不如炼字，炼字不如炼意，"即是"安顿章法，惨淡经营，"他又引别人的话，"诗要修辞，辞佳而意在其中，"这两句话都不是随意可以凭空打消的，后一则在西洋方面并且足有巍然成其为大家的，古人说诗也还有"炼境"与"肌理"的说法，虽在这里，我很信王渔洋的讲音节的话，因少有心得也无须乎举例，总之，我要把话转引到另一方面，那乃是六朝，唐律，南宋词，这一方面是首先讲造句的，造句则杜甫乃不可比，我尝信庾信善春秋，杜甫好庾信，这个话有什么凭据可以忽然说出来？我们最好不要以读分人自居，此曾既无法可办，那么就不得不讲一讲师承的话，创造都是一个发展，世界上的灵感没有可以独树的。平常，人论诗，都是拿自己的话作标准，话说多了以为那些就是自己的了，老子说功成者不居，其实事到如今天下哪里有什么功？人以为是功，也就是功了，也原无不可耳。这个话说不灵清可以不说了，还是说我要说的话，中国小说或起于楚辞，或起于《山海经·穆天子传》，写得好的还是《桃花源记》那一篇，这个可以说是炼意，炼镜吗？等到作：

　　一巢之上，巢安有安巢之所。
　　一壶之中，壶公有存身之地。

的庾信出来写他新的散文，他的材料那么多，"高瞻，博雅，"他骈得那么利害，一个一个的故事开场诗可以有一篇文章，然而与后来的《春夜宴桃李园》序，则紧张，轻松，无论如何也还是散文，这个可以有唐人的律诗与绝句诗为证，我这句话却是意在笔中了。

　　然而我写这一篇随笔却又实在是意在笔先。一天，我想，西洋小说之发达这果然是为了生活吗？当然这句话太狭，是我一时瞎想的，我觉得西洋的小说里的句，都是比他们的诗动人，这是不是我们中国的一个缺欠，中国的小说，一直是散文，从赋到漫到曲。我又觉得为什么西洋的小说或是一篇大文，在中国诗文一句话就可以包括之，这是不是中国的一个长处？但是这个拾锦怎么样消化之？庾子山的散文诗则很想另作别论，它并不是杂花，可以比的好像一支蝴蝶的飞，一支开屏的孔雀，或雪花之六出，总之是一个奇特，天下如果都是振奇人，这都是一个空想，自然没有这样的法则，那么不是一棵树叶儿的错综吧。我也常想，为什么过了唐朝那么一个美满的时代，诗人如李商隐会不会写古风？李商隐实在难以令人折服，但是我很明白袁子才那一句话，拿这样一个浪漫的人说他是高情远识，这总不是偶然的。五代的简古，一笔没得放开遂致诗乃变了散文，这是很可惜的。我曾很慎重把司空图的诗二十四品改了一下，虽是慎重其实也只是好玩儿，我觉得可以属于典雅的成八品，属于清丽的成八品，其余八品可以没有，典雅则又实是高古，清丽则是新鲜。而高古就是新鲜，新鲜就是高古。五代的词以后，中国的诗乃不再有了不起的佳作，这为些么？宋词的境界，不是不空灵，宋之诗人不是不聪明，但是是不是他们专在力争新鲜上用功夫，遂失了一点蕴藉？《楚辞》那么多的辞藻，可以令以后的诗支持那么久，这个道理又不能不令人想起《诗经》实在不是民歌，它们连《颂》都写得那么有品格。

　　说一句很腐的话，我自己写诗是"主格律"的，但是这一点权利我可以不有了，我并不是说像王羲之话：

争先非我愿

　　静照在忘求

古人的话每每到我们的笔下，就近乎夸诞，我的意思自己也不敢多问，但是，这二三年来我自己的诗，不像以前便随写着玩，几乎是很认真的，所以，谈到学问，只得说这么一点，我希望供新诗人的参考。因为平日谈话写信，常常言不及意，这一篇是补白过失而已。所以请不要以为这是诗话，"诗话一作，诗盖欲废矣，"这一句话，我实在很喜欢。

　　本来我的题目是"不是诗话，"因为觉得我并没有解释我何以有这样的了解，这个话说起来不短，所以改题作"捉空"。

一场小喜剧①

　　深秋里四一剧社成立，我陪了二小姐去观光，在"介绍"的时候，主席张铁笙忽然开我的玩笑说我的文章"跟周先生一样"，而且"有时候字写得也跟周先生一样"，"所以有时候我们也称他为周先生"云云，我若不是因为目疾戴着墨镜而听见他的话遂不禁低头，他会立刻看出我简直是面如重枣，面红过耳了！一场小喜剧。我的羞涩是双重的。周先生现在是有光，没有火了。然而我，我的幽愤频增。我的幽愤是多方面的。可惜有"幽愤"而无"诗"。为了消闲，翻出那篇昌多斯爵士致培根的信，开始有云：

　　　　你看见我精神陷入麻木的状态，用轻松戏谑的态
　　　度向我表示你的忧虑和惊异，——这种态度是那些既

　　①原载《中国文艺》第五卷第五期，一九四二年一月五日，署名"朱英诞"。

明白世途如何艰险，但也并不灰心的伟大人物才会有
的，——这是有甚于好意的了。

这句话我要学一只蠢笨的反刍的牛似的咀嚼它。

还要"略历"吗？我只是"诗人"。逃人如逃寇。一向只
是为自己写诗，然而我对于诗却永远是虔诚的。人生经验我是
什么也不爱分析，也不能解说，什么都马虎，什么都置之度
外，我所珍惜的是纯粹的情感。其实诗也毫无秘密，我愿意说
诗只是生活的方式之一，与打猎，钓鱼，弹琴，跳舞，游泳，
划船，溜冰，旅行，作画，甚至于恋爱，……旧一点的如养
花，养鱼，喂鸟，下棋，写字，以及饮酒，……客气地说，原
都是"一样"的；也许我有偏爱，但诗实在是相较最有韧性的
一个生活的法门。我未免有童心的珍重。不过诗是精神生活，
把真实生活变化为更真实的生活，如果现代都市文明里不复有
淳朴的善良存在，那么，至少我愿意诗是我的乡下。我却不愿
意指诗为理想国。理想？理想的雅号不是浪漫吗？于是这个题
目我都不能做了。去年夏天里因为有一个诗的意见，蒙水边先
生赠一语曰"洗净铅华"，其实那时我正为了什么"走桃花运"
十分苦恼，我努力想学小猫抖掉身上的雨珠，也要耸耸肩卸下
忧郁。然而我想到出走的挪拉，走后的挪拉，到妥协的挪拉的

那最后一句意味深长却也是悲痛之白："我是太罗曼蒂克了！"

我离题太远了吗？听说四一剧社不演《复活》了，我希望演喜剧，因为在中国人目中就没有真正的悲剧。我们能所看见的只有凑趣的小丑。而这些小丑又不是莎士比亚的。爱尔兰的老人却说喜剧比悲剧难写得多（当然也难演），中国也有这种话："欢愉难工，愁苦易好。"但真正的平和是由喜悦里生出来不是由哀愁里生出来的。悲剧也有可喜性。秋天里有两个仿佛灯虎的诗行：

> 白雪好像女神似的
>
> 飘落在绿的叶上

我狂喜那自然的奇迹。我毫无理想，亦希明年再有一次这自然的偶然。我只希望这也是我的一场小喜剧，一场一场地不断演下去，能够像炭画那样就好，只怕这却是太理想了。

春雨斋集①

家藏有《解缙诗文集》②十六卷，敦仁堂本，有沈德潜序，俗传"跌倒解学士，笑杀一群牛"注亦实亦由此而来，少时躐等翻读，唯记其"啬于前而丰于后"一语，至今不忘，最好笑的是沈德潜，序他的序巍然列在第一篇，而选本中又目为台阁体，只录一首，其题顾虎头朱竹宅辨为杨廉夫作，此正是不失为日月之明，若委巷流传如诸大人先生之流所摈弃的则我此时尚怀疑而可惜也，五言绝《小儿何所爱》四首有序云："余未知言时，颇知人教指，梦人授五色笔上有花如菡萏者，当五六岁时有作未能者，往往不复记忆，此由从祖渊静先生戏命赋，成诗颇传诵，不忍弃置，故识于此，聪明不及前，道德日负于初心，益见韩子之言为信。"

---

①原载《中国文艺》八卷四期，一九四三年六月，署名"朱芳济"。
②此书名为《解文毅公集》。——编者注

其二云："人道日在天，我道日在心，不省鸡鸣时，泠然钟磬音"，却是罗一峰梦稿里的好材料，目为狂士，或为竹垞所譬腰里鹰隼，均不甚相似。如咏物诸诗，于今日观之亦不甚恶劣，反有新的意味，亦未可知。又编者附识《七修类稿》所载永乐中秋开①不见月的口占《风落梅》，云此事家乘不载，此即可见我的怀疑不容不有矣。其词云："姮娥面，今夜圆，下云帘，不著群臣面，拼今宵倚阑不去眠，看谁过广寒宫殿。"后记停杯待夜午，月复明，被称为真才子夺天手，此亦快事可记者，但中国的中庸往往流入台阁意味，剥屑一切，唯以此为福星高照，迫人不容不以此为归依，恫吓以黑暗的命运矣。读《春雨斋集》②，所感慨的与以往适得其反，盖不足奇，此自为纵论，若以诗看成绩不能甚好，七绝题画竹云："美人手执白纨扇，画出亭亭竹数杆，为爱此君心事好。最宜炎暑最宜寒"，有我少时眉批云"真好"，现在看来辄觉好笑，盖所谓深入浅出亦不止是如此耳。

---

①原文如此。此处疑脱漏"宴"字。——编者注
②《解文毅公集》又名《春雨斋集》。——编者注

《水边集》序[①]

孔子诞辰那一天启无先生来西郊有事，顺便闲步到海甸来看我的乡居生活，来是鼎鼎而来矣，其实窗井明洁而已，没有甚么诗的空气，若香山南麓，乃身外之物耳。但是，《水边集》终于还是要出版，说"序"还是轻描淡写地写一点吧，是的，这也正是我的理想。然而走后我才又沉淀地觉出不妙，无可奈何花落去矣。

废名先生写文章的本领确是禅的，他有点像周廉溪，很可能以其定慧的经验成功为一位稀有的或进步的纯粹哲学家，这就是说泉声咽危石，日色冷青松，在感官第二义以外，他是以机智的哲理为标的，若是生活与思想打成一片，则后期作品（如《明珠里的小论文》和《续写的桥》）实在是勉为唯理，而此身既非革命之流，又是洁癖的个人主义者，则这不但与这个时代显有鸿沟，其勉强殆真如街头造塔，海上修桥，破坏与建设殊难于叶叶

---

①原载《文学集刊》第二辑，一九四四年四月七日，署名"白药"。

相当也。因此废名先生的归趣自是隐逸的了。愿其乡居平安。

启无先生近年来也是逐渐离开了声音颜色的空灵的讲求，而极其有正味地进入诗的正法眼藏，于是这两位水边先生真是一个对照，因此才有这么一点兴趣，印行一本多少有些纪念性的合集。说到这里我仍不能忘怀得失地想着"扬州赌风"那一席谈。有一次水边先生就谈起扬州的赌风来，说起来真是谈笑风生，后来我回忆的时候，只记得几个美妙的意象了，结果我的记录未完成，这是最可惜的事。这使得我常想：这些诗虽好，将何以令我一生低首谢宣城呢？

我们曾经有过一个光荣的时期，但是很迅速地过去了。黑暗充斥于现实之中，对现实已经更无须乎逃避了。而我们落在颓废之中讲唯美，此亦可发一笑者也。不过我们还可以当作这是春天转换到夏季似的现象，历史是无须哲学来担忧的。而在事实上我们殊不能满意于贫血的自然和软骨的浪漫。维多利亚的末叶情形正是一面镜子，而遂令我们有三条路可以分道扬镳，仿佛一气之化三清，死者亦大可以泣歧路也。至于诗，我们始终觉得有超越那许多说法的可能的，尤其当此青黄不接的时候。否则它也仿佛是莲花，出淤泥而不染。结果还是一样的，是花有清香月有阴也。于此我生怕"序"根本就有"酒招牌"的性质，盖亦不可不给自己留一点余地也。是为序。

三十二年九月末日，写于西郊海甸之无树庵

《逆水船》序①

　　一到夏天我的工作效率就陡增，但是近两年来却感到一种秋之味似的，雨中偶忆辛弃疾那首名贵的词，其仿佛矗立在理智的峰顶上而仍旧不甘沉默，于是令我更知道了海。其池光不受月乎。今年四月中旬里到海甸来试验乡居养疴，也可以说是避暑吧，隐居却绝不是的，请你放心。借了这个机会我预备着手翻译古老的牧歌，或者是白孔雀（The White Peacock），哪里知道，计划全不可靠，一方面弹琴看文君，生活又很有些苦趣，而且最坏的是我竟不能摆脱习惯的支配，仍然写下一些枯淡的诗行，结果只好采取中庸主义，却把以往的旧作全部整理完毕，就只差没有写定了，并总为之命曰《逆水船》。自廿五年起我间或也多写杂文，大部分是关于诗和思想的闲谈之类的小文章，正式的论文很少，而且始终无余力做一次系统的整理，因此这里要想写一篇序言，亦感到很难下笔，遂幡然改计

---

　　①原载《文学集刊》第二辑，一九四四年四月七日，署名"白药"。

来写一点更省略的跋语吧。

十年间我对于诗的风趣约四变，本来我确甚喜晚唐诗，六朝便有些不敢高攀，及至由现代的语文作基调而转入欧风美雨里去，于是方向乃大限定。最初我最欣赏济慈（J. Keats）。其次是狄更荪（E. Dickinson），此女即卡尔浮登所说的"温柔得像猫叫"者是。最后是T. S. Eliot，此位诗人看是神通，却极其有正味，给我的影响最大，也最深。不过本杜而不学杜，不慧虽吃亏在以诗为学，而思想不与焉，敖陶孙诗平有一云："黄山谷诗如陶弘景抵召入宫，析理谈玄，而松风之韵故在。"其语可味也。尝觉得儒家思想在诗中有如药中之有甘草意或近之。近几年来病于贫血的自然和软骨的浪漫而自然进入古典作风之途，虽雅不欲利用此类饰语标榜以成习气，然而亦觉得此殆如风水家所说的千里来龙，无非为的这个结穴数。鄙意其实很是简单，认为宋诗乃中国诗之成人时代，略性情重法度，注意诗的艺术的进化，乃有文化或历史的意义，而与旧传统所指示的自三百篇而来的一派，有些不能全同，这正是中国诗的两条永远在起伏交替的道路，思想家近于敬重后世，文人则爱惜前者也。而变风变雅，诗之失愚，或亦即在于此乎？近年来情怀差减，犹之飞倦知还矣，把自己的诗删定一过以后，偶忆罗伦梦稿之句云，欲留霜节待霜情，可以权且当作题辞，也就不必更求人作序了。

苦雨斋中[1]

二十三四年之间我和我唯一的好友李象贤兄正在倾心地写着诗，后来他忽然异想天开，渴望瞻仰周作人先生的丰采，我却始终愿意保持一种神秘的经验，我恐怕获得了亲近之感，同时会丧失了距离的美。但是象贤终于单独地去了，而周先生对象贤很赏识，并且有兴致偕渠至秋荔亭去看俞平伯先生，而象贤每有所得，归来总是满怀春风似的诉说着，我听着也很高兴。后来由林静希先生那里知道，周先生内心却也有点忧虑，他似乎生怕于血性的青年人不利或无益，同时，自然是的，青年多少会打扰他，会把他的沉淀物给弄成浑浊的。周先生与青年人很早就有些隔膜似的怀着敬远的态度。二十五年象贤南去，起初还有信来，事变一起，便杳如黄鹤了，至今生死存亡尚不确知，而我想写这篇文章的动机，实由于此。

----

①原载《天地》第十一期，一九四四年八月一日，署名"朱杰西"。

卢沟桥事变前一年我很想到日本去学一点实学，这并不是对文学表示厌弃，却实在是想对文学有点实际的援助，我的目的是印刷术或美术，此虽非鼎力，总是值得努力学习的，此意至今仍在，不过有些悔之晚矣了。彼时由废名居士介绍，我终于得到看看苦雨斋的机会了。第一件大事可记的当然是那株"鬼拍手"（白杨树），无风自响，的确很好听。周先生当告我以日本的四席半如何适于"我们这种人"云云；他或者以为我是要去弄文学批评的，于是说自然还是得到欧洲去；不过很热心地答应给办护照，又说由徐耀辰先生也可以。此外还告诉我要带足来回的路费，恐怕因故不能登岸，这是很近情理的，但是我不免想到我的病容满面大约也不无缘故吧。那一天我意外得有点目瞪口呆起来，仿佛我一直是欲语口无音似的，坐在我一向衷心崇拜的偶像之前，而现在想想，居然还是依然故我，此可异也。旋事变起，不久祖母仙逝，家国分明，我个人的前途只好牺牲，至今十年来一事无成，仍是只能写诗度日而已。

　　第二次到苦雨斋是诗人南星同去的，这一次性质是晋谒，所以感觉有点不同，同时那一天阴雨不停，我坐在纱窗之下，感觉着益形沉重。

　　　　究竟是秋雨了。

这也可以算是我保留的苦雨翁唯一的一句话了，而我的一句诗，由来苦雨即喜雨，也许不得不一笔勾消欤？这一次应该附带说到苦雨斋外，——不过仍于苦雨斋中有联带，我因为对周先生很是敬畏，在斋中的时候不曾吸烟，告辞之后走到泥泞中就在八道湾的一家店铺里买纸烟，于是妙不可言，我分明给了他一枚一角的银角子，而店伙找还给我大约是九角多，当然我很奇怪，然而敏感之中生迟疑，我却毫不客气地接受了，及至走在大街上，我才开始和南星兄大做其口头小品！我们应该回去还他吧？算了吧。但是这多么不正直呢。当然还是以退还为宜。不，万一退还，当然会惊动了店铺的掌柜，那么店伙必蒙疏忽的罪名，事情也许更会勾勒坏了，还是不退还的好。噢，周先生陷我们于不义，理智陷我们于不仁。香烟万岁！但是，如果我朴素地拈起一支烟来，或者周先生客气一点让一支也好啊，那么这一场无谓的烦恼还会发生吗？然而苦雨斋却只有苦茶。还是恨我自身本忘记自带香烟吧。假如我带了烟，这天的雨还会苦吗？

　　此后到苦雨斋中还有两次，第四次是在年中，客人甚多，不必我记，但是我顺便奉烦周先生写字，却可以说到，但是这太不高明，我声明要写渔洋山人题聊斋的诗，而且没有纸，却是不料第三天就收到了，一共两张，非常别致地用了"明李言恭日本考卷三所录歌谣之三十七"的信笺写的，印章一闲一正，闲章是阴文四字，曰"吾所用心"，正章是阳文"知堂五十五以后所作"，此张有一句是"时辛巳第四月也"。两张我都裱起来了，特别精美耐观，与其他我所见到的周先生笔迹差异很大，得以终天地相对，除了觉得很荣幸之余，我就更不想去时常看周先生了，——这或者是我自己特有的理性，亦可以称之为浪漫的理性也。

还有一次，是我单独在座的，这一次有点记忆不清了，只记忆得苦雨翁忽然对我加以一种很特别很特别的凝视的观察，我当时很是畏缩，同时我自己发觉鞋子的形状很尖锐，极不大雅，而周先生给我的印象是，眼睛渐渐缩小了起来，眼球微微向上，于是一位一代伟大的人物突然有如一头印度的"象"，——使得我脑中诗意大转，不过感觉很是局促不安，结果心里突然一亮，几本漫画已经奉还了，我该走了，不，我实在是逃去的，是的，逃去的，但是很恭敬。当我还给他漫画的书时，是用一张纸包裹着的，我看着周先生把它开封，然后把那张包纸一叠一叠的很整齐地褶起来，放在一边。

这里我还想记一下苦雨翁的走路，他常是带着一些兴奋的样子走向书架或者别的地方去，而姿态很像一种醉汉的碎步，或者说有如火焰的欢欣跳舞，生命的活跃充分表现了出来，与平常在外面的枯淡的神情完全不相同。周先生是很看重人的本性的，至少是很注意，我特别记录这一点，实在也是我的诗法，不尽在观人所忽耳。

提到诗法，不记得哪一次我曾在苦雨斋中说到一首诗，不过我在斋中说话是太感到不自然了，每一句话来得总像一座火山崩裂似的困难，我总不免把周先生看成一座雄严而被他的暗影笼罩着，所以这里也只能记录那一首诗而已，不能有很多的按语：

> 登彼西山兮
>
> 采其薇矣
>
> 以暴易暴兮
>
> 不知其非矣
>
> 神农虞夏忽焉没兮
>
> 吾安适归矣
>
> 吁嗟徂兮
>
> 命之衰矣

我惭愧没有一套完整而有体系的和平理论，但以彼时我学得诗的直观和真实，深觉这是一滴晶露，它启示着一个大晴天。可是我记得周先生递给客人们的扇子的情形。总之，周先生是太"成熟"了。

有人也许要怪我写得太细碎了，那么我就要读一句极富于诗意的话给他听，"千树一叶之影，即是浓荫"。而以上我倒是很草率地给苦雨斋和苦雨斋翁画了一张暂时的素描，竟只能是粗枝大叶的样子，如果有幸运给将来历史的实证当作一小幅扉页的画图，在我就已经是十分满足了。

三十二年十二月二十九日午后于北京之笔植庵

吴宓小识①

今年夏秋之际患胃溃疡，病榻上意外地看了些新书，其中之一是钱锺书先生著《谈艺录》，我想着为它写一篇短评，着手之初又想到最好先谈起吴宓，一为了头绪清楚起见，我要把钱锺书先生尊做《学衡》的进步派。《谈艺录》是一本新近值得推荐的近理想的书，但此刻则暂时保留。

去年冬天一个大风雪天里独自蒙密一室，仿佛读史有得，想找吴芳吉的史诗断片来看，不过朋友们没有保存《大公报·文学副刊》的，韩刚羽兄也没有，他只有《白屋吴生诗集》，我借来许久却终于没有看就奉还了。只好把《吴宓诗集》翻开，再看看其中附录的史诗计划而已；那时，意外的，我却很想谈谈吴宓；现在已是由无意变至有意了。

如果是因自己是和旧诗有点稍较深切的关系，因而才对吴

①原载《华北日报 副刊》第六百七十期，一九四八年十一月十六日，署名"朱英诞"。

宓引起好感，那么就不免索然，我实在觉得他也有可取的地方。温源宁说他创办的《学衡》，"那回的仗是打败了，但那股劲儿却够悲壮"。我要说的却也不是那"劲儿"。朱湘谈温源宁的书，《不够知己》，也提及吴宓，"我们偶尔看见他作得好的诗，往往像 Catullus 和 Donne"。这一点也未免空泛，因为"空轩"诗确实写得好，其他也还有些类似的；但这和作者自己的意见发生矛盾，那么当然是碰巧的知遇，当然不大可靠了；要赞许，总归是不相宜的。吴宓自己则做如是说："英国玄学诗人能见人生之深而窥宇宙之大，且上引入宗教哲理，陈义甚高，但其赋形记事每取纤微琐屑之事物，分析过细，比喻太密，一端偶合，全体非是，虽见巧思，殊实真象。"那个罗马诗人呢？则乃一标准的情人，这一点更是吴宓所难以梦见者。他自己的行为就不见得出于诚正之途，只是被一种思想教养成为自欺的人的悲喜剧而已。

我发现在买来的《吴宓诗集》里我曾写了一行小字："民二十四年夏日买藏。意在卷末。"这即是说我已把他的诗"偶见一枝红石竹"，也即是说一笔勾消了。卷末附录计有九种，其中《余生随笔》《学衡论文选录》《大公报·文学副刊论文录》及《空轩诗话》四种都是分量很重的谈论，这才是他的可取的地方。吴宓没有创作才能，但他的教养有的时候如果扫除矫情，出之诚意，是并不落伍的，至少是不致像林琴南那么盲然地瞻前顾后。我看《学衡》派的人的造诣有时候甚至非新文学的正统者所可及，虽然他们没有一个可以挨着修正派的边际，如他们之中曾译过《阿尔朵夫》（叶石荪，北京《晨报》版），有的译过爱仑坡的《乌鸦》（按：译者即译《人与医学》的顾谦吉君），这是吴宓自己也畅谈到的一首美国旧诗；又曾译梵莱里谈韵律学之功用，诸如此类都是当时很难能可贵的注意点，恐怕就是此刻许多人也还忽略这种眼界吧。又，忏情诗（二十四年春作）第二首小注云："元微之此句'沧海'非指人，乃指事。非谓世间最美之女子。乃谓自己最深切之感情经历。俗人引用此句多误解其意。"按句指"曾经沧海难为水"，此外他还特别标举出李商隐来，这也是很可重视的真实，以严格的诗人的锻炼来看，这乃不像谈到"积极的理想主义"那样愈骛愈远了。

吴宓是留美的学生，要他充分地弄清并接受中国传统的哲学精神是不大容易的；但反过来讲，他把人道主义（Humanitarianism）和人文主义（Humanism）区别得很清晰，这确是可赞许的：像任何人一样，他自然也就停止在他只能停止的地方。如果仅以"教养"来看，吴宓最好的成绩并不是他自己推荐的《海伦曲》（这首诗的最初发表版我是收藏着的），却是关于安诺德的那篇论文，写得不蔓不枝，恰到好处。至于他对于莎士比亚的生平行谊那么平实的印行，说是异于一般浪漫派猖洁狂放，这赞许是更可赞许了。最后我也喜欢其由于推荐 Peter Pan 而拉到 Virgil 的日功诗以至于中国农家的年中故实等等，也是我所特别注意的，但这不但是题外的话，也是文学以外的事了。

一九四八年十月，北平

读《灾难的岁月》①

我曾经对许多初学诗的年轻人说，如果公平一点，戴望舒是少有的一个成功的现代诗人。因为他单纯，所以容易完美。这是一点。但只要这一点也就可以知足了。真诀是不在多的。在这一点上，戴望舒先生也许是正如沈宝基兄所说，确得力于法国田园诗人 F. Jammes 吧。

今年春天戴望舒先生的一本新作，《灾难的岁月》出版了，但是数量仍是那么少。而且这里面所搜录的也还有遗漏，如《霜花》（和《秋夜思》等篇同刊于《现代诗风》），还有我曾在一本妇人画报上看到过一页，上面是严文庄女士题有《微笑》的照片，下面是戴望舒先生的诗，像《白蝴蝶》那么薄弱的诗也可以收入，《微笑》是不该遗漏的。其中也有改作而改坏者，如《寂寞》，这是集中最完美的一篇，沉着，苍老，确

①原载《华北日报 文学》第三十九期，一九四八年九月廿六日，署名"朱英诞"。

到了一个阶段，一个程度。然如末一行，"悟得月如何缺，天如何老"，我记得很清楚，原作"悟得天如何荒，地如何老"。这里音乐也变了，这是改坏的好例。——改作是值得赞美的工作，但是往往容易改坏；经验愈多，现实愈湫隘，这只要你回到童年或诞生地去重游一番即可知道，也可以领悟了更大的世界了。

事变前大家对于戴望舒的诗感到厌倦了，我却说，也许他还保留着不拿出来；有人以为我是抱希望。但那时我确是那样想。现在这一册新著却证实了我的希望是不可靠的。在这册新集里前半部分（九首）是已发表过的旧作，其中如《眼》，这首诗我不说好，也不说坏，我只能说这是类似《望舒草》里的《寻梦者》（这是很难写的诗）一类的诗，不过比较稍野一点，便容易发生危险了。关于下半部分（十六首），那种轻呼而呐喊之作，我觉得更没有话可说，因为要说可说的话就太多。这里姑略言之，一个人可以是很安静的，也可以一转变而成为蛮性的；首先我们的民族就是一个忍耐和顽强的极端者；那么你的安静是一种暂应，一个阖合；你的转变的结果也同样是一时的，虚妄的，脆弱的；有了艺术，没有内容，固然只是"少作"必经过的一段路程；但有了内容，失掉了艺术良心，也同样不能令人满意：因为它还是落在这圈子内的。

事变前戴望舒先生和林庚先生为了诗的形式和技艺的探讨的论争，当时我是奉劝过林庚先生的，完全可以付诸不闻不问，这一点废名先生最为了然；但林庚先生是新英雄，我也是了然的。然而即以真正的战争来看，王道就一直是失败，霸道成功；此所以我们深爱莎士比亚的 King John（约翰王），觉得这真是值得大笔特书，因为，那不就是一个文人应尽的钧衡的力（a force of equilibrium）吗？关于这次争辩，戴望舒先生在给我的一封信上说到，他大约感觉要停止争执了，"况且那边还有左翼云云"，当时我读之很不愉快，我觉得这种话也能说出是颇出我意外的。我平常甚喜"悦亲戚之情话"这类私生活或日常生活的境界，但以之论文学上的问题却不是需要。戴望舒先生既然先对我也同样或更甚地现出凶焰，随后又暗示需要我来调停，——因为"家丑不可外扬"？其实区区印象不过是日月之蚀，我并不介意；至于调解自是不待言的，而徘徊在这两者之间，我以为即是古代的昏聩的君主也不致如此；在这方面我们的新诗人实在还是"不晓事"的。

　　我对于戴望舒先生的考察和卞之琳一样，如果容许用历史的想象来看，他们的成就都一定是在翻译上面而诗是有限的。不过戴望舒先生的人品也是有限的；还有诗人南星也是这样。那么，如新集的下半部的所谓内容便也可怀疑，也许是不够修辞立其诚，也许是失之于明，否则至少也是失其故步了。

现代是一个灾变的时代，诗云："高岸为谷，深谷为陵，"其灾可惧，其变可师！因此我又想到陶诗，"斯滥岂彼志"，这可以教给我们学得一种伟大的宽恕，曹植就更伟大：

> 子其宁尔心，亲交义不薄。

又：

> 子好芳草，岂忘尔贻？
> 繁华将茂，秋霜悴之！
> 君不垂眷，岂云其诚！

这完全不是感伤的私语。曾又有，"中和曾可经"；说得愈尖敏愈会心独远，他从不望而却走，其可服膺就在此，不愧为古代六七个最伟大的诗人之一！也许还是那句古老的话好，"认识你自己"，我们都得认识自己，这是共同的要素；却是不在于外强中干的呐喊。

现在右边也在对戴望舒先生不满，这是当然的，这是我应该为新诗人辩护的；但我以为私爱徒区区，不如尽量地说得坦直一点，也许倒是好事。"我们大家都没有尽我们的人事"，"我们该做着能做的事。"所谓度德量力也。

一九四八年，九月

记青榆

　　我在北京居住了二十五年了，但是对于古城的好处仍是觉得不大容易说清楚，平常出入于陋巷之中，自觉殆如蓬生麻中的样子，因为习惯了，也不甚怀念江南江北的故乡了，——无论是黄鹤楼、鹦鹉洲的大皂角园（园中还有一座藏书楼），或是如皋的柘树园。我喜欢查初白的一句诗："小劫如风吹已过"，我的心情正是如此。

　　北京有一点容易看到的美妙，即是无数条街巷与无数家门户，而每一条街巷里都有古树，差不多每一家院中也都有一两棵花树或果木树，常时会令人深深感到"前人种树，后人乘凉"的幸福。如果有谁的家中缺少树木，客人来时就会立即地表示遗憾，这是很自然的。我曾经引起一位学诗的少年人的兴趣：调查那些门巷与庭院古树的历史；我以为这比作庙宇的记载或更有意味。这位自称"殉道者"不幸短命死矣。

"久行步街"①我家后园有果木二三十株，可是未及迁入就都被伐去了。我在古城的城中与城外移居过四次，然而偏偏就没有享有过"松风之韵"的幸运；两棵海棠，第二年就无花了！两棵古槐在大门外；一棵龙爪槐太矮小了；两棵丁香（一紫一白）、一株梨树、一株枣树，还有我手植的一株杏树，都太瘦弱了；一棵灯笼树，迁入之前就枯死了。——这后者即是在终日与玉泉山上的塔影遥遥相对望的海甸乡居时的故事。在那里我还因为这棵枯树玩笑地写过两联旧诗，其辞曰：

> 田间驱鸟喝如歌，笑语明灯鬼趣多；
>
> 闻道诗情如夜鹊，此间无树又如何？

去其双关，取其原意，实即无树之感耳。

我现在居住的庭院已经又小住了六年了，我的五个小孩中有三个都是在这里落生的。我们的庭院自有它的奇妙：说是无树，其实有树；说是有树，其实无树；而当其无，乃有有之乐焉。我的寄庐的西墙是一堵败墙（迁入时即说要葺新而至今依旧是剥蚀的败墙），墙西无人居，只有一群孩子；但是墙外即是一株青榆，五六年来已经由一株可怜的小树变得高大茂密，

---

① 即旧刑部街。

风晨月夕，拂扫天空了。这株青榆，生根于那堵败墙之外，却倾向我的庭心，其荫满院，且荫及我的书斋的阶除与窗门了。每到春秋榆钱遍地，黄叶拥阶，令我家老保姆皱眉冷齿（偏巧民间就有"黑心榆"的雅号！），而我则是慰情胜无，日益有说不出也不愿说的高兴。这棵青榆，本身即奇绝可喜，自根株槎枒四干直放，其运命之艰难，盖亦可以想见。诗人云，"古语多妙寄，可识不可夸"，唯此树亦然。因以为号，并略为之记焉。

一九五六年十一月五日，夏历丙申十月初三日即立冬前二月，英诞自记于北京之千种意斋

小　序

　　下面是我的约三十三年（一九三二至一九六六）间所写的诗，其中只有最初的少数的印行、发表。其余绝大部分至今是尘封着的初稿。

　　这些诗，除了中间极少的一部分之外，都是在北京一隅写下来的。

　　这些所谓诗，大抵是无用的东西。回忆起来，使我写这些诗的，大约是一种痴情吧？但是，有的时候，明知其无用，总还不免或隐或显地愿望它多少于人己都有一点的什么益处，——此非痴而何？不过我倒也并不妄念像神农窟前百药丛茂那么崇高。自然，我也无意于像一位日本诗论家把这神农的故事说成是具有那种轻妙的牧歌味。这些诗草，只是在我大半生始终处于疾苦之间写下来的；我的诗，若然，殆类似药草之有华欤？然则，依旧是小园中物耳。

　　我在北京度过的三十年间，移居过四次，而五个居处是都够不上称作一个小园的，于是我就渴望地幻想我的诗的局面是一座小园了。

此外，还有一个缘故。我开始写诗较早，那时，可以说还是一个顽童吧？譬如走路，仿佛我经过一座巨大的花园。垣墙高大，里面发出阵阵笑语声，于是我捡几块顽石，抛掷过去，那笑语声果然停止了一下。一会儿，又是一阵笑语声起来。这几块顽石不就是我的最初的那三卷小诗。那座巨大的花园，我始终不得其门而入。但我似乎也本不想进去。至于我自己，则确实愿望有一座象征性的小园了。小者，自己也。小园也就是那古老的"自己的园地"吧？于此，我并无意于抱小论私，只是补说我的小园中所有物究竟是一些什么罢了。

朱青榆，丙午清明节后三日，于北京弥斋

什么是诗？

我年少时写了许多诗，结果都不过是诗料而已。

原因是我没有一个恰好的形式，把诗糟蹋了。

我逐渐练习，找到了一些形式。我也找到了一些无形式的形式。最后，我有意识的以骗人的形式写我的真的诗。这即是说，我不能赤裸裸地站在地球上，假如我是个古代的女神，我也不能。

可是我不能欺骗我自己，我不能叫人只接受形式而不接受诗；然而，诗是能给人的吗？我不自欺，就秘不示人。

林庚先生曾告诉我，说你的诗我也不懂，可是我知道它好。这是一种好意！这是我一生听到的唯一的一句真实的话。

怎么办？

我只要求：我就这样说，你就这样听。

让我们穿梭一般交错的认识，这不认识，还认识这认识吧。没有什么。或就成，不或就不成；没有什么。

我能把材料成形了，可是，到底还是诗料，因你还必须用另外一种形式接触它。

真的诗就生在这神秘与现实之间，仿佛是草生在山间水之间。

形式仿佛是一件衣裳，变形的落叶。很好，诗不能是赤裸裸的真，真不是美，美才是真。如果说这就是神秘，随你说，但是，我说：这就是深化的真实，这就是诗，并不艰深。

从诗料到诗料，——四十年的经验，就是这一句话，或者说，诗只有自己懂；自己是什么？谁不是自己呢？不要说粗话。

凫晨（一篇跋语），一九七一年七月

冬 述

——跋《仙藻集》

民廿四年冬，我选录了四年的诗草，结集成为一本薄薄的小书，林静希先生为之序，即此本是也。翌年又有一本，命曰《小园集》，冯道蕴先生为之序，序文曾在杂志上发表，小集却没有印行。而且此后我就再也不曾公开发表，甚至谈论我的诗了。但盗印或窃居者除外。

冯道蕴先生当时在沙滩教"新文学"课，喜谈诗，所讲未竟而世变日亟，不知道为什么停了他的课程，暂借住于雍和宫西仓，曾来札，邀我去谈。不久之后，他就回黄梅老家去。遂不通音问。直至光复后冯先生重来古城，那时我已经涉世甚深，尤忌言诗；仍记忆曾偕同往访燕南园，与静希先生，不算影子，是真正的三人，却也都相视如梦，无复侈言，更无论诗了。到一九四八年，不记得什么时候，翼新小妹突来告诉我说冯先生有评诗的文章载在报端，我才知道我的那本小书经过了十年有奇，乃得附骥尾，当时我只想到小谢的诗："故人心尚尔，故人心不见"而已。（这里追忆起来，可以加一句注释：我说附骥尾，其实是一个新典，那时林静希先生得到叶兰台写刻本李长吉歌诗，因自号"白骑少年"，我也有一本，但是只感到精美绝伦，别无所得；可是道蕴先生偶作书，亦戏称之曰"朱白骑"，此奇也！所以我还是要说附骥尾，乃不失实。后来冯先生戏谓"朱、白"写着好玩。我心里想，他当然不知道"朱、白"是陈后山的用语。说到这里，似乎离题太远了。）

我把冯先生续写的几章评论收集在一起，加跋语云："廿五年废名先生写序文三篇，一篇为鹤西作，一为静希先生作，一为予作，以与鹤者为最佳胜。今年续写讲义三篇，一、卞之琳，二、林庚与朱英诞，三、冯至；以与卞之琳者为最佳胜。暇时当偕静希先生联名抗议，以示不甘也。卅七年端午日，于北京双赤李园。"按，程鹤西先生的书是小品文字，题名"小草"，我仅见到用美丽的信笺写的一部分原稿。

一九四八年冬曾与冯先生会晤，我把在沙滩时所选录至"月亮的歌"为止的那本小书（按，即《西窗及其他》）给他看，先生说："人们应该感谢你！"我虽然并不会真的履行抗议，但是，"关于我自己的一章"前身是一篇讲演稿，写于卅五年，其中我发现有一个小误失，说"摘花高处赌身轻"是王渔洋的"一句诗"，这是记错了，应该是吴梅村的一句词。另外在一篇别的论文里讲李义山的诗句，"深夜月当花"，当字作当作解，亦误。按，实是月当头之当。我把这些小事记在这里，或有类于不与之画蝇。书至此，仍不出骥尾之附也。

我把那篇评论附在集后，谨复书此以为跋语。则是"今我不述，后生何闻"的意思为重，不但纪实，亦纪言耳。说起来，距离我初写诗时已经四十年之久了。

兔晨，一九七一年十二月四日，北京

纪念冯文炳先生

——西仓清谈小记

卢沟桥事变后不久，我收到废名先生一函，匆匆跑到雍和宫西仓后院去找他；这是一个僻静的禅房，院中只有两棵瘦松。冯先生说，他们把他解聘了。我以为："走吧。"冯先生当时颇以为知言。下面就全像闲谈了，但已经记忆不真。他借住的是他的少年时代的同学、行脚僧寂照的住处。后来寂照曾来明信片，称我为"慧心学者"，邀请往访清谈，盖当时，冯先生与我不约而同地在实验印度的卫生学，僧流于此是不能不关心的。随后寂照他去，冯先生与我仍是闲谈，这次回忆时摇出了一点淡影：冯先生反对英雄美人，才人佳人；然后他说："自然，那些圣贤都很好；可是，从文学上说，你以为哪一部说给青年人们读最好？"

这不是一次严肃的问难，而是像往常随便谈心；自然，离别之前的心情是不同一些，多多少少有点"苦语"味吧？这是我觉识到了的。然而我还是不禁脱口而出答曰："《聊斋》。"我之为什么提到蒲留仙的书却也并不是随意的，我确实喜爱其中的浪漫成分和想象力。而我们所见的脑子则正复是活泼有余，深妙不足。本来，我想提到《西游记》，可是《西游记》的作者似乎也那么一副脑子，到一定程度，力不能穿鲁编，读之常多叹惋也。

　　冯先生说："《聊斋》跟我也有点关系。不过，我说最好的一部书是《牡丹亭》。"他不曾加以解释（盖本来不需要往复扣击），这里我也不能补充了。不过这在治曲者虽然未必不心知其意，平常又有谁不欢迎呢？私意以为，冯先生当时逆向殆在于"雅俗共赏"吧？这也是我要举双手赞成的；不过我想加说的是：书法家说得好："雅而未正犹可；正而不雅，去俗几何！"旨哉言乎！当时由于胡适之流的胡闹（也即是纯粹的俗），使大家也暂时不勉受影响而不抓住"雅"不放了！我们那天就一字没有触及诗。我对此番西仓清谈的总的印象就是如此。

　　一九三二年至一九三五年我的《仙藻集》，林静希先生为之序，翌年又有一本曰《小园集》，废名先生为之序。不久之后，他们相继南行，林先生赴闽中，冯先生归黄梅故乡去。我也结束了第一个时期的"业障"。

秋 述
——纪念写诗四十年

    一九三五年冬，我选录了四年的诗稿印成一本薄薄的小书，后来叫作《仙藻集》的那本小集。其原本林静希先生为之序。翌年又有一本命曰《小园集》，冯先生（废名）为之序。废名先生的序文自己先发表了，则谨在《新诗》刊载而已。不久之后，卢沟桥事变起来，一切仿佛是梦幻般地就都变了，都不在话下。林冯二先生先后南行，林先生远赴长汀教书；废名先生因故避地暂于雍和宫西仓寂照和尚处小住，旋归黄梅故乡去；我尝以为以疾速不如归去最为现实也。我自己则开始闭门读史，约三年间，唯与留鸟为伍而已。此一时也。……其余漫长岁月，在我，其间为了一位"莽大夫"把我的所谓诗曾携往东京（并加盗印），几乎使我罹得一次意外的"诗祸"！此外也殊无述说者了。最后，我继有所作，大概已是另一回事了。

    光复后，戊子（一九四八年）四月廿五日，废名先生重来北京理旧业，尝以林、朱为题作诗评，为数篇之一；那时我方远行未归，没有看到。稍后，我回到旧居，亲眼拜读了那篇"说楛"文时，觉得这些涩的青柿不知道何以要采撷下来？竟好像事情是假的似的！就是后来偕废名先生在燕南园林宅小聚时，不知道为什么，也是兴会索然，诚或不免已复有夏之感，而似乎是送春者自崖而返，"五四"的光辉自此远矣。此一时也。余生也晚，没有赶上"五四"时，当那种火烈烈而风发发的局面；到得现在而此刻，"遥怜故国菊，应傍战场开"，则是身临其境；殆可以作新的吊古战场文了。自然，我却也不赞成"三代以上的事""三代以上的人"的说话[1]，那不过是自觉或不自觉地以他人之志为己志，是只有令人齿冷的吧！西班牙大师说得好：

谁能够筑墙垣。围得住杜鹃？

——在我自己的小园里，确也曾经有这"遂隐"鸟的影子出见过，很有点造访的意味。不过，这乃是后来的事，也更要

---

[1]林徽音（此处有误，"林徽音"应为"陈衡哲"——编者注），刘半农的谈话，见《初期白话诗稿》目录后附言。

留待到明日黄花时再说。否则太急迫了，是说不清楚的①。

朱青榆，一九七二年八月七日即壬子立秋日，于北京花稠草堂

---

①《小园集》以后所写，命曰《深巷集》。这个名字后来就定了下来，长时期不复别立名目了。只有最近七八年，偶有所作，才另外题为《秋冬之际》，至于今日垂老搁笔。用我们本土的比喻，我自己的道路，大约就像一些曲珠，而我们则是那卑微的蚁吧！穿过艰难寻觅光明，欲蹒等躁进，非狂即妄而已。

跋废名先生所作序论

——跋废名先生手稿

尝与易堂中人闲谈，说古文家的魏叔子，他读古书有得，曰："于留疾得善病，于武乡得食少"，却没有古文气，倒似乎近于小品文字，或许这是在平常笑谈里发生的缘故。年轻时爱词，过于诗，大约也不外因为诗的脸终是较板重吧？我自己回想后来学词不成的遗憾，实在就由于自己的古直；然则词家讲"拙重大"，则又始终不清楚是怎么一回事。近年来词家长于整理，称道姜白石的诗；新派亦然，废名先生为程鹤西散文作序，也引用白石诗，细读之果其可爱也。但也有反面议论，如杨振声先生即致慨于诗近于词，有发过正正当当的见解。这里又有了南宋词的警戒，是对我的。我知道：这乃是"五四"以来的正统观念，又是只有尊重的了。这些情况，非细论不可，则怪我对于议论一直感到拘而多畏，难以有什么得当的表示耳。

　　废名先生在卢沟桥战事前写过三篇序文，一为林静希《冬眠曲》作，一为我的《小园集》作，一为上述程鹤西先生《小草》作，而以为程作最佳胜。于光复后补写评论三篇，一为林静希及我而作，一为卞之琳先生作，一为冯至先生作；以为卞作为佳。废名先生手稿，原藏于寒斋，为鼠所啮，完存者仅二篇，后复失其一，就只剩下论唐俟的"他"这一篇了。尝附录于《新绿集》后，以志珍惜。此篇附录意亦近似，以保存为主。其在林编《明珠》上发表短论甚多，曾装订成册，为小客人攫去不还，遂不能再得矣。

　　　　　　　　　　　壬子岁暮记，于北京双赤李园

美人之迟暮

——纪念五四和唐俟①

我尝说，"新诗"（我不赞成这个名词）的特色是幼稚，或云稚拙之美，不过幼稚得好罢了。说这句话时（大约在一九四〇至四一），我的心目中是一派"新绿生时"的春天的光景。现在，却是要感旧了。

当我开始写诗时，北京已经是个破旧的边城，经济重心南移，"五四"的流风余韵或者只能如在古战场上寻觅得到的一点残象了。"五四"是一个古战场，但又是一个春天，一个独特的春天。季候的春天和生命的春天不一样，它可以"经冬复历春"；在人生，则春天可以有，也可以无；或者，他可于晚年补足，这就仿佛他的生命历程是应从夏天开始的一般，但无

---

① 唐俟，即鲁迅。在废名的《谈新诗》中，有《鲁迅的新诗》一文。朱英诞的《现代诗讲稿》亦录之。——编者注

论如何，这后者总归也算是"经冬复历春"的一种特别样式了。这样想着的时候，我是在指写过"他"这一首诗，而后来"若到江南赶上春"的、已经不写诗的"五四"初期诗人唐俟先生而言的。

我们的"旧诗"（我也不赞成这个名词）则恰好相反，而以成熟驰名于世界，称得起是"天下后世"的"公论"了。我们与之殊无比较之可能。试读："人生不相见，动若参与商！"谁读之不感到如此质朴，又如此神奇，几乎说尽了生命的奥秘，然而又是何等自然！使得我们这破碎不堪的现实，由于这样的咏叹竟充实得多了。这两句诗，我以为比起《牡丹亭》这部戏曲来，似乎更神奇，这是现实中涌现的神奇，也可以唤作神奇的现实吧？杜丽娘的"还魂"是人为的，诗是自然的；前者是花种在花盆里，后者是野生的花木，——它却是成熟而不稚拙。读之，使我们感到诚或不免徒唤奈何之感！

杜丽娘是先是孤独、痛苦，后才是充实；

我们的诗缺乏充实，却是因为"五四"的春天毕竟是太短促了。

奇特的是，唐俟就说过"埋掉自己"的话！后来他终于破口而出了。

我所希望的就是那样一个新诗中的奇丽的花间美人。

然而命运使得我们得不到这样的奇遇。我们赞颂唐俟，他同时不免如咏"老树着花"，这并不"丑"，或者我们也可以以丑为美吧？可是最好的赞颂依旧是要借一个古酒杯："美人之迟暮"，我们最好的命运也只能看到一个迟暮的美人了。

　　"五四"是在北京发生的，这正是北京式的春天。现在，这个春天就成为一个花环。

　　　　　　　　朱青榆，一九七三年一月九日，于北京乌屋

我所理解的"自由"

在"五四"时期，起初诗是最兴旺的，很像一丛娇艳的淡黄的迎春花的样子。这就难怪不久之后就有人叹惋着说那已是"三代以上的事"，人也成了"三代以上的人"了！然而，"初期白话诗"的特色却只是幼稚，不过幼稚得好，似乎可以说这种稚嫩新鲜的生命是不会夭折的；实际上是，卢沟桥战事起来之前，不是还发表了开宗者的一首"月亮的歌"吗？

但其后，诗就不能不是"暗水流花径"里的"冷淡生活"了！换一句话说，它终于成为一道潜伏的小河，也许是穿过海底的河流吧？——就像神话传说中的Arethusa，她的河水据说是在海水下穿过去的。

> 望你的河水，女神啊，在西西里波涛下流过，
>
> 但能够不同那咸苦的海水相混合。

"自由诗"其实并不自由。这本来不是人们的要求，虽然爱诗的人们是命定的自由主义者。并不处于古希腊文明的大传统里，我们自有汉唐以来的自由的传统；只是到目前，它正浴于现代的樵径的风中。我们的自由也不同于俄罗斯的小船，终于粉碎在礁石上。我们自有不绝如缕的绵延下来的道路。说"自由诗"是"懒诗"，这倒是一个成功的讽刺。……

　　　　朱兔晨，一九七三年二月三十日，于北京顾影庵

重新想到谢朓的诗

　　冯芝生先生在论《维也纳学派》时，写过一篇《论诗》，他把诗分作两种，一种是"止于技的诗"，一种是"进于道的诗"；关于前者，他举温飞卿的"溪水无情"（绝句）为例；关于后者，举李后主的"独自莫凭栏"（词），陶渊明的"采菊东篱下"，陈子昂的"前不见古人"以及苏东坡的《赤壁赋》等为例。冯芝生先生说："止于技的诗可以使人得到一种感情上的满足"；在论"进于道的诗"时，他除引证阮籍《咏怀》《诗无达诂》之外，全是《沧浪诗话》，计约八处之多。这些例言几乎可以说是严沧浪"神韵"派一类的诗，亦就是"进于道"的诗了；这个结果，使我感到很大的兴趣！

　　我在这里不可能涉及哲学与诗的关系的论断，但是我可以说大约一百五十年左右的期间，即自龚自珍起至于今日的近代史的范围内，似乎我们始终还不能辨识我们究竟处于一个什么样的时代？似乎除了一团星云状态之外，我们还只能借谢朓的诗"天外识归舟，云中辨江树"来描摹我们的心情，而且这一点心情又是一直贯穿着我写诗的四十年间并没什么大的变化的——否则，我如何能有这么大的耐久性一直不断地写着。我究竟除此之外有什么依靠，使我得以继续生活下来呢？因之，我不免重复沉思过去，如果我能早一点有决断，则"见此茫茫"也许会少写一些"止于技的诗"而转到"进于道的诗"上来吧？

一个人终身得不到某种"理趣"，没有"归宿"是常事，但在没有得到它的时候，我们活着，毫无"皈依"，就会像一束悬根的兰花一样，那样，过一世的"人生无根蒂，飘然陌上尘"的一生吗？我们会这么毫无道理地活着吗？如果是的，那么人类就无所谓生活，甚至无所谓生命，活着只是生存，活着也只是"与木石同朽"而已。而且我们梦想着和平，可是和平与我们的关系也是"人生不相见，动如参与商"！我们除了辨识心情，有什么阴阳二力结合可以寻求呢？我们并没有以诗来"自欺欺人"（冯先生正是这样说"止于技的诗"的），倒是我们被哲学欺骗得够苦的，以至成为梦魇?!

黑格尔说得好："先是生活，次是哲学吧"！

我对过去的"冷淡生活"，是并不感到悔恨的。

朱青榆，记于一九七三年三月二十日，即癸丑春分前一日，风中，北京

冬 述
——《春知集》代序

　　一九三二年夏，我初回北京小住，翌年全家迁来定居，我算是重来了。其时经济重心南移，北京几乎是一座空城，或者就说是一座新的"芜城"吧！但我并无吊古战场的心情。实际上是，"五四"当时那种火烈烈而风发发的气息，早已杳如黄鹤了，要吊也无从吊起。此间说是松菊犹存，而传闻异辞；我自己所深感默契的，大抵如庄生之旨"旧国旧都，望之畅然"而已。平常也只是在别人午梦间，独自到万牲园去，一看荷花荷叶的清凉，也就满足了。遗憾的是，这一点的满足，终于没有得到保持。……但那是另外一回事，也是大家都熟知的，存而不论可也。

　　有一种况味我却不满足，——当然不必是像浮士德那样的永不满足；我说的是：北京的特色是秋高气清，然而，"诗的天空"①青且无际的韵致消失了！诗与社会脱节，用借古酒杯法来说，那就是："谋诸贤知则不悦，以示众庶则苦之。"这个状况很是特别，很陌生的样子，是我们大传统里所不曾遇到过的，故亦无从断言。我的不满足给我带来了中间大半生的清简生活，我没有参加那朝顶进香的人马队伍里面去，我没有"灾梨祸枣"，自然，这些手稿清楚地告知，我一向都在东涂西抹，则是也并未过于摆脱。

一九七一年冬，大病几殆，再经冬历春，迄不平复。癸丑春日，院中石竹花哄然秀发，枕上闻毕加索以高龄病逝的消息，诚或不免"冷摇疏朵欲无春"②之欢了！毕加索临终前还要开创一个新的时期，画风还有变化，真有"太上忘情"的意味了！这大约也就是"平淡之余乃有波澜"吧？弗斯勒（Vossler）在《论丹西》一书中说："科学与美术或需要有富庶的经济沃土。但想象丰富的作品是岩石上冰天里霜雪暴风中盛开的花朵。其受政治和战争影响处，谨限于它满足人民的想象和情感处。"近百年来，文学艺术的发展与经济不能成正比，这是不消多说了的。但是，"人烟寒橘柚，秋色老梧桐"，在个人渐近老境，将近似冰雪世界，从这个角度来看，我是欣赏

---

① *Philip Sidney*（*1554—1586*）论诗语。
② 林逋咏石竹花诗。

弗斯勒的冷眼的。两卷本选集，粗具规模，题作《知春集》，因略书教语，以志岁月，并以为序。

　　　　　　　一九七三年四月末日，兔晨于北京礼寒山斋

《仙藻集》题记

　　我的第一本小集写于一九三二年夏至三五年冬，不足四年的时间；仅短诗三十二首，一本薄薄的小书而已。取唐人诗句"仙藻丽秋风"，命曰《仙藻集》；其时初涉猎哲学，居然还给我的源出于臆造的宇宙美满的感觉，找到一个意念的哲学根据，那就是莱布尼斯的"和谐"说。自然，这是牵强附会的，然而明知道是难逃附骥尾之讥，我却不改，以存其真。但是，我面对盛开的寒草，因风啸咏，果有什么神秘的了悟不显言之义吗？这是苦于难明的。

　　卢沟桥事变既起，一时对东方的一切都感到怀疑起来！——但有一点保留："山川钟秀"，这是我们深厚的民族感情，也是不成文的哲学，为人人与共的最好的哲学。我以多疾苦？写诗以不得"江山助"为苦；然而，于此，乃复不妨开始做一次精神的流浪。"荒塋横古今"，盖不啻为予当前咏之，此奇也，……直到一九四八年冬，我自真的一次远行归来，在一个大风雪天里，潜心重读《韦苏州集》，重有所思，才告中止。实际上是整整的面壁十年！以后唯《浮士德》尚在案头耳。凡曾枉顾予待花草堂者，大抵可证吾言之不文，兹不复缕析矣。

歌德在他的自传里讲到的"幽灵"（Demon）一词及其全部精义，值得深信不疑。据说苏格拉底就常以为：他的行为每受其内心的一个幽灵的声音所指导，但我也想，这行为，当称为现实时，其间能够没有折光似的曲折、进退、反复，乃至决裂的痛苦吗？若然，"幽灵"的一念乃与"自动发生"（Spontaneity）有着息息相通的可能。谬之与古为新，殆无不可吧？伊斯特曼（Max Eastman）厥性好骂，犹呼之曰"懒诗"，正是呼牛呼马一类，不视为戏谑之谈，亦难言者也。如果我给近代艺术找一个哲学，歌德之所见，我以为，要比"笑之研究"更为相宜，也未知[①]。诗在近代艺术里实在要算是比较平

①英国 *Herbert Read* 著《今日之艺术》（施蛰存译），引柏格森立说。兹不赘述。附录歌德的见解于下："他相信在有生的与无生的，有灵的与无灵的自然里发现一种东西，只在矛盾里显现出来，因此不能被包括在一个概念里，更不能在一个字里。这东西不是神圣的，因为它像是非理性的；也不是人性的，因为它没有理智；也不是魔鬼的，因为它是善意的；也不是天使的，因为它常常又似乎幸灾乐祸；它有如机缘，因为它是不一贯的；它有几分像天命，因为它指示出一种连锁。凡是限制我们的，对于它都是可以突破的；它像是只喜欢不可能……这一个本性。我称幽灵的。"（《诗与真》第四部最后一章，转引自冯至：《浮士德里的魔》一文。）

易近人，平平无奇的。我们自己的哲学"唯深可以通天之志"，本来植根甚深，故觉一般的个人的理论建设实属多瓣，尤其在目前，诗还没有形成历史，还处于生新阶段，我是这样想着。写诗总是只能直觉的，如何对待诗才需要理性，例如厌倦、耽爱等；写诗的人总归不是哲学家，就是最好的哲理诗人，如陶渊明，他所写的也依旧是诗人之诗：他有了不起的严肃，但更有洒脱，极其神韵的，直觉的；却绝不沾皮滞骨，拖泥带水。特别是，把天真运用得如此深妙，也只有陶渊明一个人，达到了我们所绝难想望的境地。——可以这样说着玩：他不是庐山的，而是三神山的孤独的隐居者。天知道三神山在哪里！也许正是现代发现的"幽灵岛"？那么，就是最杰出最有才能的外交家和军事家，也只好望洋兴叹罢了。假如连这一点的自然都不能征服，其厚颜的程度，未免令人齿冷而已。我不要再说"知生于失当"①吗？写至此，我想实在已经简单地回答了前面提到的疑虑。

　　　　　　　一九七三年"五四"纪念日，于北京无望楼

----

　　①向秀之言。

《春草集》后序
——纪念写诗四十年

民廿一年夏，我初回北京，其时经济重心难移，北京已经成为荒山芜城，唯动植园的接天荷叶，中南海里鸥凫戏水，略觉可看而已。我一个人在亲戚家老屋小住，雨中读泰戈尔《飞鸟集》，——行箧里唯一的一本小书；偶效其体，写了几首《印象》，却发表了，自此始保存诗稿。犹之乎有泉一线，这样，就开始了一条向诗倾斜的道路。

世有 W. B. 夏芝，我也是从泰戈尔知道的；读夏芝的景物诗，例如《柯尔（Coole）湖上的野凫》之类，不但很敬爱夏芝及其诗，而且对爱尔兰或色勒特也引起向往来。我对于诗的普遍的信念，就是这样树立起来的。

看起来或许近似梦游病，我自己却知道：不过是"游子澹忘归"罢了。回忆三十年前，每秋来，独自到中南海西岸去漫步，面对澄明的湖水，看野鸭在水上成群结队，嬉游相逐的光景，如入清凉国。因进一步明白，现实与幻美如此深妙的交错，分明是一种单纯的怡悦（即是说，这与禅悦还有别）。至此，在"诗的天空"下，我避免了超诗的理想主义的危机。

民廿九年秋，我到沙滩教两个钟点课，却是教诗，实则是"海滩上种花"耳。蔼理斯"断言"：

> 生活始终是一种艺术，是一种每个人都要学的，
>
> 但是谁也不能教的艺术。

这里，我想把"生活"一词，改换作"诗"字，知者，可与言诗矣。这倒确实是符合当时我的心情的。在我们的大传统里，诗本来是日常生活里的一面，平平无奇，故也无所用智。向秀云"知生于失当"是也。夏芝则说：

> 在高唱理由与目的时，好的艺术是无邪而清净的。

三百年前的诗人题襄阳诗云：

> 鱼鸟云沙见楚天，清诗句句果堪传；一从举世矜

高唱，谁识襄阳孟浩然。

凡以诗为筌蹄而寄兴于写诗本身者，如果有味乎诗人的"画寂"，琴师的"精神寂寞，情志专一"，总归是会善移我情的。若"游鱼出听""百兽率舞"，与旁坤的Qhheus壁画参看，亦可见东西相去不远。唯两半球终不能成左右鱼符为可惜也。诗人东坡乃曰："我若归田，不乱鸟兽。"何其自信，盖自得者深矣。谁说"鸟兽不可与同群"呢！"鸟兽"又究竟有什么不好呢？——这是一个问题，非徒叹惋也。

去年春初，一病几殆；经冬历春，迄不平复；战后气压益低；今年伏日倍长，然而高爽的秋意，还是及时来临了。鬼拍手在风中笑傲，鸡鸣欲啼，雨沉闷地下着，究竟是秋天了，我还不如趁此细雨梦回，把这新秋白日梦草草地记录下来吧。

"春草"者，"春草秋更绿"，小谢之诗。卢沟桥之役起来，我正在写第三本小集，曰《春草集》，从此以后就不复公开发表了，这个名字遂保留了下来，至一九四九年止，十三年稿。其次，曰《扬尘集》，至一九六三年止，十四年稿。复次，曰：《冬醪集》《击缆集》（小集），至一九七三年止，十年稿。自"五四"以来二十年来酝酿相传，本来只是一个春天，不过是一个伶仃的春天罢了。盖送春者皆自崖而返，春自此远矣。然则，岂秋行春令耶？抑秋非我秋耶？殆难言矣。

　　凫晨，一九七三年，夏历七月半后一日，雨中补作，于北京礼寒山斋

附记：

　　1. 卢沟桥之役起来之前，有两本小集：《仙藻集》《紫竹林集》（一名《小园集》），可以独立。自《春草集》以下，取出一小部，依俗谛，作为选录；取王安石诗："春风取花去，酬我以清荫"，命曰《花下集》。花下者，实则树下也；就回忆而言之，故仍是花下耳。这些诗，在诗稿中遂只有目无文。附识于此，不更序。

　　2. 野鸭下居于中南海水上，灰鹤以太庙、柏林为家，是旧日北京古城中两样特殊景物，奇怪的是，何以是在北京古城最为荒芜的时节的事，这须请生物学家来告诉我们了。那时我家已定居于这"神奇之右臂"的环抱里，对于荒芜，可以说是习惯成自然，这奇美的风土也是只在人心中而不入记载的。似乎，这种荒芜将与我的诗有"偕亡"之势。但写这篇小序，本意并不在此。非拟作挽歌也。

这类的印象和我早年的诗，很像荷叶上的朝露，是容易晒干的；那后来的，就仿佛是昆虫的复眼了。所以，为了避免重罹诗祸，我向来不大和包括亲密的朋友在内的人们谈到写诗的事；我又是拙劣的园丁，"似之而非，而不能免乎累"。这里像利用种竹树法写一篇序文，却又始终写不成。似乎命运使我只能利用这么一点儿闲晦，仿佛鱼儿偶露于水面一般。

突破六艺的规律①

对于诗，我缺乏严格的研究；究竟什么是诗，诗究竟应该怎样作，写出诗来又当如何，不写诗成不成，……种种自古至今都一直是疑难问题。在我自然更觉仿佛是"天问"一般，思考不出满意的回答。故我只是一味写着而已。积久，就自然得出一个结论：写诗本身是最实在的。当写着诗的时间，几乎忘掉了自己的存在，而这些时间并未消逝而是融化在诗里，这时间似乎就成为最美丽的事物了。读诗亦然，如果你真的读懂了的话。故我读诗论家的无数议论，也别无铭感者，或者正是由于自己成为障碍，也未可知。只有极少的话我觉得是可取的，举一个例来说，像这一节，虽然是一八二九年以前的著作，于我们现代却还是有益的：

———————————

①当然，这里指诗而言；一切伟大的和美妙的歌词都不在内。这是必须声明的。

诗与乐相为表里，是一是二。李西涯以诗为六艺之乐，是专于声韵求诗，而使诗与乐相混者也。夫诗为乐心，而诗实非乐。若于作诗时便求乐声，则以末泊本，而心不一，然至字字句句，平侧清浊，亦相依仿，而诗化为词矣。岂同时人服西涯诗独具宫声，西涯遂即以诗为乐乎？[1]

曾读法国的象征主义的梵乐希论陶诗（《陶诗选序》），讲"音乐性"，我以先入为主，就觉得也同样是误解。他的话是权威意见吧？但在中国清代也出现过"声调谱"的论述，可是有谁曾经就范了呢？虽然那时的诗仍是五七言。又，Max Eastman，不知何许人，谓"自由诗"为"懒诗"，这当然是反对极端散文化的现代诗特征；不知，当写诗之当时，"将急在情物，而缓于章句"（《陆厥答沈约书》），其实就可以比较法国马拉梅的"紧张"说[2]。你却不能设想马拉梅会发生"懒妇惊"的心理。

总之，现代诗的本质及其方法究竟是怎么一回事，我以为不是现代能够自作解答的。就是待将来论断，也终归仍会有反

①参考苏东坡："赋诗火急追亡逋。"
②清 潘四农：《养一斋诗话》卷四。

复和再反复，正如我们对古代的一切一样，还不如以不教为教的好。外国的事不说，这里，就可以说还不能不呼吁继续打破"六艺"的规律。

诗的珠玉（代序）^①

过去有一种主张："诗要字字作"，这自然是不错，但是并不是说每一个作诗的人都要具备"许郑之学"。也有人说："将急于情物，而缓于章句"（《陆厥答沈约书》）在六朝也许是很激进的；对于当今敏感的诗人必须突破韵律的羁绊，这却是值得注意的意见。

诗有"诗的天空"，青且无际。有天空作背景，大地上愈卑微的事物也愈清晰、愈真实了。"诗天"要是"天"而不"空"，似乎不要再喊"天马行空"了！一个诗人所爱用的字，就可以窥见他的灵魂，字有字的灵魂，例如韦应物所爱用的那些字，无不望而知其为"雅淡"，以致这些字的本身几乎成为诗的本质了。陆游《寻梅一枝》："孤城小驿初飞雪，断角残

———————————

①此篇为朱英诞为自编诗集的"代序"。朱氏曾多次编订诗集，所撰文章也多围绕其诗集，而叙其诗之事。——编者注

076-

钟半掩门"，从美感的自然主义角度来看，这就是很好的、很圆满的诗。"诗成珠玉在挥毫"，是的，并不一定要依赖韵律，普通散文完全可以成功为诗，正如"孤城"十四个字可以透视"梅"的灵魂，从"诗的天空"来看，这或者叫作"烘云托月"吧？说它是诗的"珠玉"无及可，"沧海月明珠有泪"是也。"珠玉无胫而至，以人皆喜之也"。是为序。

漫谈香山诗

清潘四农云："《文昌乐府》，古质深挚，其才下求李杜一等，此外更无人到。乐天乐府，则天自解，独往独来，讽谕痛切，可以动百世之人心。虽孔子复出删诗，亦不能废。予当谓其命意，直与《三百篇》自居，为宇宙间必不可少文字。若《长恨歌》《琵琶行》，则不作可也。（魏）泰徒以六朝隐约意思为风雅遗响，而不知乐天《文昌乐府》之可贵，此以皮毛相诗者。"

按，大抵凡言诗重余味、重神韵者皆不喜香山诗，不独魏泰，贤如渔洋，不单不重香山，即后山亦所不喜。凡此，本来是中国诗传统中两条不同的轨范，拟求其全，恐怕也难免求全之毁，因为人皆有限，反不如各行其是，二者完全可并行不悖，不必妄求一统为相宜也。

香山少时以"语切"，不得为谏官，任盩至尉，时年二十四岁，与陈鸿、王质夫游仙游寺，地近马嵬坡，以多才艺，香山作歌，陈鸿作传，应质夫之请也。《长恨歌》在当时，实为创告，焉得以为可以不作？至作《琵琶行》，香山四十五岁，已经自以为是"天涯沦落人"了！这是一首香山的代表作，同时艺术超验，古今少有；尤不能谓之可以不作。至于乐府诗，有目共赏。虽有闻匡斋之失言，于香山殊无损伤，不必为所解析也。郭鼎堂受日本友人之重托，为香山闲适诗说了些罕见的好话，是我们时代精神的珠玉一般的文字，倒是应该加以发扬光大的。

端午节所想到的

去年秋冬之际，重订诗草，与其说有取于"四十九年非"，不管它是太白式的还是陈子昂式的，勿宁说我是有意地避免五十之年的数字，我自觉并无功亏一篑的感伤主义的信念。虽然约近十年来，我一直在努力于最好要找到一个统一的书题以及写一篇后序即自序，这一篇序文却始终未能完成。

有时我也想："予幼好此奇服兮，年既老而不衰"，这一只古酒杯似乎可以借用一下吧？然而不成，诗的装饰性，在我看来是很靠不住的。

窗外石榴树盛开着谎花，并静静落下，我在窗下作诗，我感到理想与现实几乎密不透风地分不开，然而，诗却绝非谎花；它应该是同时开花而又结果的。而更重要的是我不能有一个结论。

昔尼采云："下一个结论比起写一首诗来要容易得多，这是每一个医生或一个诗人都熟知的。"是的，我以长久病人的资格举双手赞成哲人的寂寂之谈！故每届端阳吊屈子，我总是宁愿咏叹"红裙妒杀石榴花"了。清戴东原自序其《屈赋注》，给屈子一字之褒，曰"纯"，每叹为名言！或者陶渊明写中国的乌托邦说桃花源"中无杂树"可以媲美，至于我们若"香草美人"一番，岂非一念之差！故知，我还不如等待着我的曲水之流觞，要好些吧。

刘勰《文心雕龙·物色篇》："物有恒姿，而思无定检；或率而造极，或精思愈疏"。读之，深觉亦不尽然。物，其实也无定检，恒姿只不过是浅见；率亦往往是疏，而精思理应造极；虽曰《文心》而言语道断，其不可恃，与装饰殆类似。

我的诗的故乡

——《春知集》后序

麦克里什·阿奇博尔德（Archibald MacLeish）曾经慨叹过寻觅不到一条回到童年的道路，这真是值得慨叹的事，比起法国现代已故诗人（一个可尊敬的人）麦克斯·雅各布（Max Jacob）说要"寻觅真诗的道路"，似乎更难，更令人惆怅！过去，我自己习惯地只从一九八二年初写诗时算起，再也没有想过要上溯于更早的失去的时间，于是我的道路真成了横在面前的一条"荒途"。此时际我的心情微有改变；又不是筚路蓝缕，寻觅道路，我倒想试试看。我想，不妨视童年为故乡，我就可以说说我的故乡以及其来龙去脉了。"君自故乡来，应知故乡事；来日绮窗前，寒梅着花未？"似乎我们也可以在西窗下共悦情话吧。我想说：诗本来是如何幼稚的以及它又如何幼稚得好，——大凡真正的新鲜的事物，都是幼稚的而又幼稚得好的，唯诗亦然。要紧的是人如何爱护它，不能以诗为酒，而要爱之以理，不让它骤然"临断岸，是新绿生时，带红流去。"诗不能像一阵风吹马耳似的就吹过去了。或者"骆驼见柳，渴羌见酒"，那样也不成。

在我作诗以前，最值得一提的大概要算是儿时的野游了。可惜我没有一支彩笔，不能做文章而来描摹那些乡村的景物和叙述那些豪兴。这里我只考略式地说说吧。例如，每到夏天，我们一群孩子（所谓"野孩子!"）时常跑到旷野林深处，那"野趣"太丰富了，我以为，只有"自由"一词的广义才能勾勒出那丰富的轮廓来。也许这两个词正是一只共命鸟哩。有时我们碰到变色虫，轻轻触动它一下观察，那是很有意思的。我们捕捉麻雀，却要当心有蛇！捕捉蟋蟀就没有什么可怕。在荒郊里黏知了是最不相宜的了，我们很少做。跳过篱笆，到瓜田里去偷瓜，似乎只有过一回吧？最奇妙的是遇到暴风雨了，天风海雨，声势浩大得吓人，然而什么风雨能捅得住长翼善舞的信天绿呢？而且，一场疾风甚雨很快的也就掀了过去，又真的像翻了一叶书卷那么容易呀。雨过天青无际，阳光更是鲜丽无比，长天小影，我们一群立刻跑到小溪边去擦澡，洗涤衣服鞋袜，顷刻也就曝干了。……凡此逸乐，无非净土浮华，怎能不令人怀念呀！绿野间散发着浓郁清新与腐朽混合的香味，笼罩着的实是童年的王国。然而不知是什么时候，有什么势力，竟不费吹灰之力地把它永远的灭亡，实际上却像是失去了乐园！是不是标帜现代文明的城市的威力呢？是不是孩子们都变成了翠蔚平铺的、一望都只不过数过高的"规距草"了，要寻觅半茎参差错出的野生植物，已难再得了呢？谁知道。

我只说说我的变化心情吧。

那种恢复不了的失去的心情，大约可以叫作"自思情"。

一个神秘经验，那是很早发生的了。大约只有五六岁，我被关在斗室里读诗："春眠不觉晓"以至"关关雎鸠"之类——那时还没有读唐人"绝句"和更为自由的"宋词"。但也偶有机会逃脱文字声律的羁绊，其中就有过那么一回：我一走出冷清的小巷，突然我发觉我像一个"六居人"那样惊异地面对着：白昼是这么辉煌，周围是这样寂静，可是，人呢？人们都跑到哪儿去了呢？我不知道。很久很久以后，我也许想过："如鱼之乐而相忘于江湖"，等等，但在当时，我哪里知道这些。无论如何也想不到，如何秀云："知生于失当"，等等。幸而我无知，因一下跳到充满了热情与理想的欢乐的海洋里去了。陶渊明云："大欢止稚子""无乐自欣豫"是也。事实上也如草然，不见其长，而日有所增，此种"白日的心情"在我是自觉地浸入其间。……这个，与其说是神秘经验，勿宁肯是特殊的感伤给我的影响之深，你可以叫它作理想主义的危机，但我从未过于摆脱；相反的。我觉识到正是它使我受惠一生。却不限于戏剧化的"春到小门深巷，人间清昼"；它要平实得多，正可以说成为我之偶爱闲静的诗的故乡了。——不过，我的感情后来又逐渐演化、变异，直到终于一朝，我以为：人应该只是做些卑微的、平实的工作，而诗之为物也正是这类卑微的工作的一种，换一句话说，即作诗为常行，释氏谓之"般舟三昧"；至此，这些自然是后话了。我才确立其完整性。

我再来把话说完。我的野游与我发现的昼寂状态，差不多是同时联袂而来的。我还记得往往是昼游归来，我又立即埋头书卷，直到我的老祖母燃灯入室，放在窗下，蔼蔼告知："鸡上笼了"或"鸡蒙眼了"，我的一天才算过去。

《仙藻集》无序，其本身没有写这个过去；《春知草》也没有写这个过去，补写序罢！意犹未尽，复写此附于卷末。

一九七五、十一、卅，初稿，十二、十三，改作于北京礼寒山斋，英诞

海 淀

一九四三年春夏之交，我的长女降生。我急忙请求住在海淀的一位同事代为觅得一所住房，由城中迁徙到近郊来。新居屋宇明亮宽敞，地势很高，坐落在旧燕南园南门外的高坡上，无异于一座小楼，这是北京城中所找不到的住宅。我还半写景地借用墨子"夏后铸桑蘇"，取了一个临时的书斋名："逢白斋"，我说临时，是因为以后不常用的缘故。

三十二年前的海淀，那时已是一个冷落的小镇，早已失掉往日的光彩了。不过对于我来说，清冷的气氛是求之不得的，所以并不缅怀往昔。人间热闹，我实在怕极了！我的脾气是，往往逢年节的日子，很盼着家人都出门闲逛，只留下自己，窗外石榴树盛开着谎花，并静静落下，在我就是极大的享乐了。我从我家"小园"移居到海淀时，心情本不舒展，于是发觉，新居虽好，美中不足的是缺少树木。易曰："地之可观者莫如木"，一个庭院没有草木，那可太干燥无味得很。北窗下也有一株叫作灯笼树的小树，但是树幼小，却已经接近枯死，想来当系人烟荒芜所致。邻舍是空的，蓬蒿没人，可是一株枣树不久就结实累累，我们算是借了它的一点光，有树木，也有鸟，有云，可得观赏了。

海淀只有唯一的一条大街，此刻已极萧条，其南端是一些较隐僻的居民；我住在那里时，很少看见这些远邻。北端通乡野大道，直达西山。西面是广漠的田野，这里有一家牧场，离我新居不远（也不过一牛鸣地吧？），每天清早可以有鲜牛乳喝，不过须自己去买，没有人来挨户送。这样，商业气不浓厚，是可取的，我也宁愿跑一段路。蔬菜却往往是带着泥土的气息送到家门外，那一年夏天我们几乎天天吃柿子椒，就是因为送上门来，情不可却的缘故吧？我们自己也学种菜，西红柿，油菜，扁豆，都成，不过种西红柿很失败，瘦小如雨中山果，大约随随便便是不成的。我倒也没有研究，只吟味着东坡居士种蔬诗："人间无正味，美好出艰难"，那是我也多多少少懂得一点的哲理了（我在某报纸上见过，马耶柯夫斯基也有类似的诗句。真是无独有偶，读之令人赞叹！）。

新居巷口，有古柳一株，其大可以蔽牛；每黄昏夕阳西下，我独立树下，与玉泉山塔影遥相对望，不觉凝目久之。

我曾到海淀之西，成府村访友，那要经过很僻静的巷子，我的友人说他对那其间每一块石头都是熟悉的。可是独行踽踽，我乃不免拘而多畏，故虽知那里隐居着《渡河》的作者，诗人陆志韦先生，也终不曾往访也。传说其时他也曾卖家具度日。

白天好得多。一到夜晚，我在过我的"夜窗寒乃清"的生活时，便听见有声自里间传来，其声如"喝"——，其音曼长，知之者为村夫驱鸟，不知者以为盖鬼哭而神号也。山妻夜半醒来乳儿，往往惊异，其实土室斜挂着小红旗，在白昼，她是看到过的，也明知道这是做什么用的，然而一入夜，便早已忘到九霄云外，宁愿做个准怀疑论者了。假如真的有鬼见访，仿佛"蟋蟀入室"，那将是何等好的赋诗谈道的时刻呀！可是，此不可以语静，终于，我也有点不安了。于是待到秋风一起，我声言谨遵医嘱，依旧迁入城中。唉，我命定的是城中人乎？呜呼，城中人，城中人，当你经过黝黝芃芃的庄稼时，你可曾经历过一种震撼：

当作秋霜，勿为槛草？

我在海淀隐居或"避人如逃寇"时，确实有所感慨，每入城，处处面墙，一片灰色，大街也显得那么短，家室是那么湫隘。当其时，盖凛乎不可不有所思也。

一九五二年夏天，我重游海淀，饱看了那么高大的木槿花，花近高楼，于是旧的感觉如"朝在夕不存"，为之一变。现在我再来回忆，其"秋霜"之感却在，因为，一顶冠冕的"田园诗人"的帽子加诸我，也许有朝一日我会吟咏出一句"淡然不生嗔"吧？

一九七六年、一十、四于北京逢白斋

冬　曦

——俞平伯小识

　　一个人写诗写到老年，可以说几句话，但不可以说这便是"从心所欲"，而又"不逾矩"；特别是不应作为在你的小山顶峰上的发言。这样，你就可以说话了。

　　你的话，也许叫做"冬话"吧？然而，什么又是"冬"呢？是以枯树为代表呢，还是以冰雪？

　　曹雪芹四十多岁就死了，所以他的《红楼梦》虽为残书，却是那么丰富、充实，很像连鹅毛也不起飞的，静悄悄的夏天午后的景光。词中唯美大师周美成（邦彦），有小诗，只有短短的二十个字，其词曰："冬曦如村酿，奇温只须臾；行行正须此，恋恋忽已无。"多么平淡，多么简练，望而知为出之晚年的手笔。他的阳光是可爱的阳光了，他的酒是可爱的酒了。这里，我第一次在说酒的好话，故亦可记也。我们也可以说，曹雪芹是没有冬天的诗人。这个缺陷是无法弥补的!

俞平伯对周美成的《曝日》绝句,曾说是他的"很特别"的作品,是歧视的;而对《红楼梦》的爱好令人疑似"偏执狂"!但这是怎么回事,如果不是足以证明俞氏的青春的阴影是浓密的?

开国期间,俞氏写过《七一 红旗·雨》,以新诗的形式毫不含混地表达了他是爱国爱民的志士仁人,之外,也足以证明春春阴影的浓密。俞平伯是曹雪芹一流人物,而不是"低调俱乐部"中人。我们应该信任毛泽东主席的话:对俞平伯"采取团结的态度"。

昨日晚有客来,大谈西山脚下正白旗曹雪芹故居的传闻,我以病且又值困倦不得插嘴;因说些别的话,所谓"冬话"是也。

一九七七年五月十三日,风雨中,于北京弥斋

我对现代诗的感受

　　蔡普门（A.Chepman）在《诗与经验》里，"严格地把真诗和辞藻（rhetoric）分开，他认为"有些作品若使用散文来写，也不会失掉什么妙处"；"而真诗是绝对不能用散文来代替的"（这里"散文"指艺术形式）。这是我最初接触并接受了的一种现代诗的理论，它给我很大的启发。因之，我联想到"晚唐诗"，尤其是李商隐的《无题》之类的诗，是足供我们借鉴的。这类诗其实质说它的珠玉在前，是不错的，因之它很难得，令人有"作诗火急追亡逋，情景一失后难摹"之感。

　　但，同时现代诗又普遍地有一种趋势，即摆脱韵律的羁绊，换一句话说，诗是可以用散文来写的，以散文写诗是现代诗的特色（这里，"散文"指艺术所用的材料。与上述"散文"是两个概念）。MaxEastman 厥性好骂，他给"自由诗"起了一个绰号曰"懒诗"！然而，他不知道："将急于情物，而缓于章句。"（《陆厥答沈约书》）正是诗的本质的自动要求，从而使诗自内容到形式，有了表里一致的关系。散文，难道是瓦砾吗？不，真诗以内在胜，它不需要外面附加的装饰（辞藻）。上述一、散文与诗要严格分开;二、以散文来写诗，这两件事就是现代诗的全部要求。如果这两者都做到了，那就是很大的成就了。如果以二十七年（前十年与后十年）①计，那么，我们能有什么可以夸口的呢？

一九七七年九月十六日，于北京礼寒山斋

---

①自一九一九年至一九二九年为前十年。一九三〇年至一九三七年为后七年。

我写第一首诗的缘起

我默默走上一座小楼，当我走上楼梯，主人①正在北窗下伏案翻动文卷，彼此都没有打招呼，但稍过，即直率地告诉我说，我的一篇关于白香山的论文比他的同一题目的一篇写得好，所以他要从这一期的校刊上抽换了。……我已经记不清我说了什么话，或者不如说我记得我并没有说任何话，就这样，我的第一篇评论文字发表了。但是从此便也永远结束了。这早熟的文学上的"偏执狂"。这是一九二八年春天的事。五十年的光阴翩飞过去，前尘如梦，但也许不过是刚刚蠕动着的半梦吧？

主人是一个深情的青年人，应该不过三十岁吧？他说过关于发表一事，然后拈起一张纸片递到我手里，上面是附有英文的译诗："汝莳种子，人反收之；汝寻财富，人反有之；汝织

①小楼主人指的是朱英诞的中学国文老师李再云。——编者注

衣裳，他人曳之；汝铸兵器，他人挟之。"这是谁的诗呀！——过了好久，我读到A. Kollez著文论罢工所引，才知道这是著名的P. B. Sheley《赠英人》，原诗共六节，这是末二节。

同时，也是那令我无穷追念的引导，发表了《雪中跋涉》——我的一首短诗。这却是一首为我取得"收获"的种子。

不过，我多写诗，要待三年后，即一九三二年夏回北京才开始。那么，上述二三琐事要算是我的史前史了。但是，那座为沉默所笼罩的小楼，楼居者和稚拙的过客，……一切都含蕴地告诉人们，黎明里羼着黑暗的香味，"人间无正味，美好出艰难"。

中卷 梅花依旧

梅花依旧

一、"梅花依旧"

（一九八二、十一、廿九，午后始）

家中藏书，残存的一部分里，有《小沧溟馆诗集》，朱瀚著，朱瀚是何许人呢？也许是厥性好骂，他即是对杜甫毫不客气的批评者之一。这且不多提及。

朱瀚有一首七律是赞颂张大复《梅花草堂笔谈》二谈，其题甚长，曾抄下来，今已不易捡寻，"二谈"亦不识何所谓，唯记其诗结穴云："二百年来谈寂寂，梅花依旧草堂空！"确可以说是一唱三叹了！（至此午梦）

我是一个多病的人，尝拟就《笔谈》中述疾之谈多条撷为一书，数量不算小，而有志未逮。石湖诗之所以常置案头者，并不是因为他位高而又能发展了田园诗，也是知道石湖是一个多病的诗人，岂企望同病相怜欤？

此刻轮自己来"知道你自己"了，惭愧得很，我能知道什么呢？仙家葛洪云："人不自知其老少痛痒之故！"我尝想，在没有解剖学的古中国，这真是一声发自内心深处的极其痛苦的呻吟！虽"无病"何妨？因之，自觉我的打算以疾苦为中心画弧的，写一本一个大时代的小人物的"自传"，也只不过是奢望而已。即使我懂些病理学，也许多多少少夹叙夹议地写得出些可观的东西，而实际上，我是如此无知，又如此不自量力，此非狂妄而何？故知，还不如诚实地写一点回望录了——

但我不喜官样文章的臭味，故我愿以借古酒杯法，采取"梅花依旧"作我回想的书题。上述便算是几句类缘起的小文。下面将是一笔糊涂账，一笔流水账式的回想，我的私意是，很可能的，颠倒衣裳地写，即杂乱无章，而绝难望其为兰绿净不可唾。我学诗前没有在写散文受过严格的训练，这是我的遗憾，说不定将成为"饮恨"哩！呜呼。（傍晚至于此）

二、也是"梅花依旧"

（廿九灯下拟题，卅晨起，八时草）

读诗史，于屈、陶、二谢、瘐信、李、杜、温、李，乃至元、白以及历代诸大名家，我无不敬爱至极！但人性难免有其偏至，自觉对山谷、放翁，特感亲切；幼时经名师指教，书法山谷，据说很有点意思，故终生不改。清代无名诗有两句诗，曰："书法黄山谷，诗学陆务观"，尝拟写作对联，常悬窗壁间，觉甚可喜也。可惜，观字他读错了，平仄不能通用。放翁自己生前就说到这一点，《梅涧诗话》云："陆务观母梦秦少游而生，因以其字为名，其名为字。史相力荐放翁赐第。其去国自是，一评王景文乃云：'直翁未了平生事，不了山阴陆务观。'放翁见诗笑曰：'我字务观，去声，如何作平声押！'"（转引自宋人轶事录编十七）因之，我只好割爱以免重蒙笑谈（不过近年来看影剧中，仍读作平声，似乎几个世纪白白逝去，此非文化浅薄而何？更无论托翁所云灵气飞舞也）。

放翁爱梅，梅诗亦最美；我最喜读这两句：

孤城小驿初飞雪，断角残钟半掩门。

我想，就是最好的象征派诗人或各种新派的诗人也未必能轻易超越过放翁咏梅之句。我自然不能绝对化，鄙意只不过是写梅写出了梅格与梅魂如此，怎么能忍得住不来赞颂一声曰绝妙好辞呢？

我每喜语人：家在江南，亦在江北（容在后面细谈），然而向父亲所晓谕的，十里乃至百里的梅花香林，那简直是连做梦也做不到！故爱花光仁老墨梅的创造，盖寺僧清贫，不好色，况香乎？故自知惭愧，绝不做梅诗。

家有旧《汉上消闲集》一部，似乎是一种诗刊性质的书，上面有父亲的诗，书已散佚，今仅忆咏史有云："国乱家何法，矫哉为谁欺！"类似老吏断狱意味。又："机杼声中风满楼"断句而已。也有母庄讳存英的诗，也只记得一句断句："消受一椠红豆软"云云。但是母亲的室名却记得牢牢的，其辞云："梅花深处碧云楼"因为这个室名，我还刻过"梅花老屋"的闲章，不过也没有多用，盖重在思念，非此文词绮语事也。这就是"也是梅花依旧"的来源了。

母亲二十多岁就逝世了！我想妈妈想了一辈子。除偶忆挨打琐屑小事之外，也记得经过庭院，我怕黑，母亲领着我，用手一扯，道："有我哪！"这样的亲切的伟大的声音！呜呼。今年届古稀，好声犹在耳边，并无任何种的风吹可以吹去。故虽不能咏梅，因为思念母爱，却也按照王尔德的原则，打过谎语，有句云：

爱听寒鸦足乳味，江南梅早逸芳馨[1]

---

[1]怀念武昌皂角园梅花老屋（思亲作也）。

这就是我最早的记忆，而今只成其为追逸而已。

鄙人平生服膺庄生一语："嘉孺子而哀妇人"，我以为哲理深至，非他人能企及者。我以为与我的身世不无关系，随即录之以终此篇。（卅午前十一时廿四分止）

三、神秘的逃难

（卅午睡起来四时许始）

我常自嬉，谓家在江南也在江北；我个人却生长于津沽与北京——我家寄藉是宛平。

摩诘云："江南江北送君归"，不幸，我却从未到过江南，更不如说江北的如皋了。但我似乎有点冥顽不灵，并不觉其为憾事，那是因为我很爱北京，——自然的老北京。

我于壬申（民廿一）夏回北京，其时古城地旷人稀，因为经济重心南移，这里早已是塞上塞下了。平常走过几条胡同也瞧不见一个人影；站在白塔上纵观，全城都在绿树覆盖下。天安门前，御河桥南，白石铺路，马缨花清香沁人心脾，其细腻风光与前门箭楼之雄伟，不知何以那么谐调！庄生云："旧国旧都，望之畅然"，正是我那时的心情，而绝无吊古之感。唯平日索居，偶或至三贝子花园，一望荷叶，已经十分满足了。我出门总是在人们午梦浓时，图其静中时有春意；彼时有亲戚在植物研究所工作，就在园中；故有时尝到鲜鱼，微觉有土腥味，美中不足；好在治大国如烹小鲜，既不从政，庖厨事倒也向来漫不经心，上述并无挑剔意也。

老北京还有一个好处，就是深巷，我们住在旧刑部街（昔南星赠诗戏呼之曰久行步街者即是），今早已拆除，展宽谓之复兴门内大街了。

北京城以方正称，稍失直道，即迳呼之曰东斜街，西斜街，杨梅竹斜街，樱桃斜街等等了。这里风土人情之美，可以作为东方古中国黄河流域文明的代表，不但秋高气清，山舒水缓的自然美为我深喜也。

每夕阳西下，进入街巷，如入仙境！

平日风日晴和，西北山峦横列天际，如在街头巷尾，走在大街上，如在家室，辄凝久之。

去年传采与老友们远游苏杭，我当然是地狱篇里的游客，无福进入天堂。但我亦戏谓我是梦游派，——不用说西湖，就是北京，自绿化问题公开后，谓北京已纳入沙漠化范围，北京将不但失其"化城"之境地，也要列入梦游的计划了。呜呼。

（熄灯时止于此）

先说家在江南。

我是说"我家在江南"，武昌城内我的家园之中有一株大皂角树，有藏书楼，富有藏书。这一切大都是我曾祖父所置，他在江西游宦甚久；我的祖父心縠公逝世过早，春秋不足五十；我的祖母程（讳琢如），有江西口音，可以为证。曾祖父在江西做过知府，道台。但何以家园客于黄楼鹦鹉之间，那就不是我所能了然的了。清末，祖父则在县内任同知，后来听说教过算术，那大约是维新时的事吧？我的七叔爷过的是散仙生活，据说他长于天文，善观星象；但他见到过据父亲说他最爱读、满页密圈密点的书是附在《西堂杂俎》后面的《湘中草》，即《汤传楹集》。一句"与邻同小园"至今我也还是十分欣赏的。

辛亥革命时，因为家有旗人，为一与祖父结仇之人告密，我家遭难；据说，那位旗下的妇人在前面走，官方在家中各处搜查，到了后院距门不远的一个角落里，突然有大蛇矗立，官丁们遂被吓退！不过亲戚之属的那位老太太究竟下落如何，是流落到哪里，还是遭到不幸，便无法知晓了。

那蛇说是在园中一口井中居处，家人每加礼祭。有一事，尤觉奇特，说是我四姑爬到树上放风筝，结果被树枝夹住不能下来了，于是全家向园中敬礼许愿，四姑遂安然堕落了无损伤。凡此均系我于儿时听祖母说古时得知的。祖母有摇首症，人云即由于那次神奇的逃难所致，这自然是千真万确，无可怀疑的。

祖母善种花草，到手成活。此亦亲眼所见者。

又，祖母性静，善于背诵古诗。有一年夏天，祖母夜被我们要求，欹枕吟诵《长恨歌》，一字不遗，歌声与窗外树间风雨声相应合，在我，至今依旧是至高无上的诗的愉快！（十二月一日，夜五时半至此止）

藏书楼里的书，自然都归别人了。我家逃难时只运了一小船过江，仅是平时放在书房中的廿四史，佩文韵府，以及一些小说杂书而已。逃路又切断了。后来我在"小园"之家西厢房，我与这二十几箱书为伍，到我二十六岁祖母逝世为止。我家再度破裂，——那是后话了。

再来说"家在江北"。

这就是如皋。我们的家谱是从那刻印成书的，经大家都清楚知道的浩劫，已被毁掉，找不回来了。附带地说，找不回来的东西很多，倒也不足惜，一个时代的好坏是要以看获得的多还是毁弃的多为标准，而且要从世界总合来看。但轮到个人，则使我最心疼的是一块方形铜图章，文曰："至乐莫如读书"；尤其想起来就难过的一支铜蜥蜴一个镇纸！这铜石龙子，在我看来，那设计的人的灵魂恐怕是最美丽了！它在我的心中实是无价之宝。

先祖紫阳公，应该要数安徽和福建，何以会我家又是如皋人呢？我不想学先贤朱舜水，然而事实紫阳公是我家先祖，我又何必回避取容于人呢？按谱录云，一世祖柘园公为紫阳公七世孙，从文信国逆元兵，夜经泰州，失散，后于如皋流为农者，夫妻亲耕织，云云。当地有朱家堡，大概是发迹，为人称善，朱氏祠堂在焉。家有柘树园，因称为柘园公。

这也是一次逃难，却不但不神奇，反而是十分现实的我家掌故。

若然，你要问我的出身，我该怎样回答？

祖母程，系出洛裔；我家简直是唯心论的老巢！

所以，你要我说什么是好！然而奇就奇在于此。我写回想录，病后工作效率极低，每天只能写几百字，但我挥洒写来，无须起草；将来也不想更动。多少粗细迟速，也全不放在心上。（二日上午九时至十时许草）

父亲逝世前，交给我一幅唐伯虎的山水手卷，我题了几首诗，有句云："六十年间两劫灰"，父亲说："这一句写得不错。"这是我受到父亲唯一的一次、一句奖励。父亲逝世时，年八十有二。他的诗稿全部散佚，只留下一本《西湖记游》而已。父亲三十岁后开始画山水，别号延荪，在北京留有声影。似乎也不自贵重。

四、北移

我家寄藉宛平，也有点传说。

出朝阳门约十里，有个地方叫大亮马桥，先人祖坟在焉。远望可见坟上生长着一株马尾松，我只去过那里两次，一次是祖母安葬时，一次是独去扫墓。其后墓已平，我们也没有再过问。乱世苟全，生死皆细事，哪里还会有桃花飞红，清明时节听野哭的闲心！

这祖坟各分左右两列，已有安葬好几代人了。祖坟据说是一位老太太，她带着孩子，上京赶考，逝于京城。那孩子想必就定居于京城了。

祖父逝于民元，翌年即一九一三年，我降生于天津，家在河北首善里，路西第二个门儿，是一个小院子，但有两进，正房是西房三间，一明两暗，北屋南屋都是两间，中间有一堵木桓，计共七间。父亲十九岁即开始养家。我降生时也有个小传说，据祖母说："你不是要孩子吗？给你这个！"我就是这个梦中的孩子。后来曾取杜诗，自号岂梦，表示过我的私见。我上有兄，下有一妹名勤，一弟乳名羊，他们都夭亡了，据说都比我好。遗憾的是不晓得好在哪里，我也从来不曾好奇的做过"天问"。

我家大概是先回北京，后移津沽的；其时父亲在陈塘庄烟酒税务局任科长，会昆曲的许雨香也在科里，他后来还和我同过事。在我的记忆里，有一年有人送十数个三白西瓜，个儿甚大，这自然就是税务上的好处吧？

我在津门住了十九年，有得可说，但，我恐怕说不到恰到好处的地步，特别是童戏记趣，人生最可珍贵的童年，而我首先失掉了母爱，真的将不知从何说起了，呜呼！

请容许我暂时停下笔来。（午后一时半止于此）

五、我只有一个童年值得"细论"

杜甫《春日忆李白》末云："何时一樽酒，重与细论文"，我的题目里"细论"出处即在于此。我是自己忆自己，"论文"其实即是"论诗"。昔荆公诗有句云：

> 春风取花去，酬我以清阴。

似乎我依旧伫立在花下或树下；花下，实树下。而以回忆而言之，乃仍是花下。但那是什么花？或什么树呢？本人老人没有说，今已不可考。岂"东园桃与李"耶？

我虽生于民二，却还赶上念了一年"私塾"，读《三字经》就是读史ABC，读《百家姓》就是要珍视：懂人与人之间要有同情（与讽喻），人是个体动物，主观就是真理，——这无须要待到读丹麦宗教哲学家才懂的；自然，"百家"也无须待到读。人总要同时具备客观精神。论《论》《孟》，就是读哲学。诗，照例是从孟浩然"春眠不觉晓"起；"关关雎鸠，在河之洲"，在我，那时是听来的"诗"，正式拜读那是后来的事了。

童戏记趣，少不了"野游"，在野游"逃跑"之前，最爱争先恐后先抢解小手，其实还不是爱自由？有一次，我抢到了"出恭签"，离家不远，我想回家去解手。我刚刚走出那条死胡同的小巷，一投入巷口，蓦地感到阳光是如此明净，白日原来如此辉煌，人实是如此安静，而人们呢？人都躲到哪儿去了？我不禁仿佛进了"化城"（就那时说，这自然是没话）了！我回到家中，也只有祖母在那安详地拿着放大镜看书……

我后想，如果把上面的几句感触，分行写下，如金圣叹所说："两行榆柳，四条玉笋"云云，它为什么就不是诗呢？

请容许我提议：我们作一次对话，我问你：

谁能够筑墙垣，圈（原作围）得住杜鹃

请问这是谁的诗？这么何等精美绝伦的馨逸的诗？然而，我晓你非柳柳州，无从给我一个"天对"。我告诉你吧，这是一句散文，出于西班牙号称"海盗"的大作家塞万提斯之手，见《堂·吉哥德传》。

现在容我来写一点野趣游。

我记得最初只不过捉蟋蟀，粘知了罢了。后来圈子愈打愈大，竟跑到远郊密林中戏弄变色虫了。可是却也不敢去掏雀儿，因为据说里面往往有蛇盘踞！最好玩的是在河边戏水，——我们都是一群小流氓，还不会游泳。有一次是我发狂，向一座小山岗上跑去，哎呀，原来的粪堆，一脚蹭入，结果向河边跑去洗涤！也只好认倒霉了。

还有一次，在旷野，突遇暴风雨来袭，无可藏身之所，大家都被沦成了落汤鸡。也只好跑到河边，脱下衣袜鞋裤，大洗一番。然而烈日出现，瞬即烘干。——待到归家，已经很晚，天都快黑了。从那次以后，家中便严禁与"野孩子"玩了。

我非常讨厌"野孩子"一词，只是后来改在家中外院学唱戏玩，似已极其乏味，无足述者。

直到我长大、读书，才有力量推翻"野孩子"论，幽默诗

人王季重说，文近庙廊，诗近田野；——我想我们在蔬园中偷瓜，越篱逃逸的野趣，非诗而何？"骨重神寒天庙器"，你能够偷盗吗？你只好去扣头礼拜吧！又尝见尉僚子残文："野物不为牺牲，杂不为通儒"，我觉语极名贵，我宁愿作"野物"，——可以说，这要算是在我特别尊重隐逸之士之前，最初获得的"消极"的启发了。

而这野游野趣，加上童年即兴，使我深感诚然具有"绘事后素"之感。[①]（三日十时半止于此）

六、从西沽村听野哭说起

在津沽，因为有些事是少年行，也还是有兴趣，值得思念的。例如到西沽村去踏青，就非常可喜。

我们几伙伴从河东一个什么地乘船西行，经金刚桥，过大红桥，不远就舍舟登岸，一片桃花杨柳黄土，进入视野，令人心旷神怡。这便是著名的西沽村。丁字沽，西沽，直沽，号称三沽，并禹迹，疏导之处。明李贽诗云："西北群流连海岱，

[①] "子夏疑其反以素为饰。"又引《考工记》曰："绘画之事后素功，谓先以粉地为质，而后施五采，犹人有美质，然后可加文饰。"《论语 八佾》解逸诗"巧笑倩兮，美目盼兮，素以为绚兮"，归到人生哲学。此孔子最伟大、最平易近人之处，你听："礼后乎？"子（子夏）曰："起予者商也。始可与言诗已矣。"

东南巨浸拱犹燕。"这里，我注意的却只是土，特别是荒坟，清明闻野哭，令人只感到诗情盎然，并无痛楚；——难道真的是读陶集有得吗？那时并无生与死的思考；我想也许是麻木不仁，但也许是并无文化修养或人生艺术，而只不过是任凭灵感的新绿生时带愁流去，实际上连强说愁滋味都确实无知无识也。

津门除了这次春游，之外没有给我留什么好印象。河北有个公园，有一尊白衣大士捧瓶临池倾泻的雕刻，要算最值得记忆的了。但就是在这公园，我第一次遇"性恶"的证实：我们几个小孩是攀爬铁栏杆进入的。待到我们玩够了出园门时，一个彪形大汉指着我们说，就是他们，于是售票处把门的把我捉住，我们没有钱，你让我们回家取钱去吧，其窘状无法形容！还好，他们宽大得很，说，下回补票吧！一场风波就这样像一片乌云轻轻吹散了。但那富有"正义"的大汉，后来，我追逸①起来，满脸横肉绝非善类！然而我生平确易走极端，从此人性恶的哲学即荀卿说在我是深信不疑了。自然，我同时也相信天性可以移易，这里不能多所纠缠了。

其次，观海要径临一个码头，地名"紫竹林"，我很爱这三个字及其途径，后来我的第二小卷诗《小园集》即以一名

①原稿如此。——编者注

"紫竹林集"发表的，而且还刊载过两次，它还有更殊特的运命，这是后话，暂不赘述了。

　　我从十来岁就爱看京剧，金华何逸清先生（历史学家何炳松的伯父，他的孩子何炳棣和我在一齐考入南开中学的，我们都名列前茅，我大约是第九名，他是第十三名）家里有个厨师，常同我下象棋，给我们讲京剧，有个裴云亭常贴《金钱豹》，我就是先听讲的，后来居然看到了。

　　我变成了小戏迷，竟到这程度；一个冬深日，我独自踽踽跑"东天仙"去，正唱《狸猫换太子》，一个旦角冻得实在受不了，结果中途回戏了。看客们也都一笑而散去。也有点可记述的。最近两年才知道品德高尚、技艺娴熟的关骕骦的老师之一是王韵武，这个角儿技术质朴，我有好印象，特别是"平贵别窑"跑坡，台口一个亮相，向王三姐念道："这就要走啊！"眉头似展似皱，其声绵密温存，表情之深至，实在难能可贵！"细腻风光"四字是当之无愧的。近年来听周信芳的录音和李万春的录像，也许是先入为主，我觉得王韵武要好得多！

　　关于京剧，我将另在一章回里赘述，这里暂停下笔来。
（四日补充）

七、乳臭

（五日客至，未能午睡，未有只字。）

"乳臭未干"是一句骂人幼稚的话，意思是看不起，倒还未致堕为势利眼。我的"乳臭"那是早已干了。

但我的开哄吃得似乎是多种的，要骂也只好由我自己来骂，可是我不是泼妇，大骂是无从开口的。我想从事实本身来作嘲讽，也就够了。（六日仅此）

我的文学艺术，有好几个起头。这里是头一个。我在南开中学读了一年，因患淋巴腺结核休学了。同时因为赛跑未穿惯钉鞋，跌了一脚，教体育的教师外号文大胡子，他给我涂碘酒，我叫疼，他就狠狠地斥责道："谁教你摔的！"给了我一下无情的大棒！于是，我和南开就因为体育断了交。我跑得很快，玩了一年足球，踢右边锋。跑四百米接力第四棒，有的同学称赞我就像不沾地一样，我听了很受鼓舞。跌脚的那次是跑百米，跌跟头，实在冤得很，而体育老师竟青面獠牙地吼叫！这是第一次感到人的兽性，那是很明显的表现。

从此，我弃武就文了。

待在家里看一种小报，文学版面有些很有趣，引起我的注意，我便每周逐一给以简短考语，几次过去，引起受批评者的不满，有了反响，但编辑却支持，认为很中肯。不过我却隐退了下来，不再写小评论，小印象了。只和总编辑交换了一次相片，因编辑起初在通信里说我"面有威棱"——其实大谬不然。我记得对门的一个老头说我："鬓整齐，是女人转世"哩！我于儿时很是姣好，我有幸还留下一张一周岁照的相片，右边是我的表兄。

我终身不善持论，实际上我却从写评论（印象而已）开始。这便是生命的颠倒。

约二年后，我以第一名被录取到汇文中学去读高中一年级了。是父亲亲自看的榜，回家很是高兴。我自己也很高兴，却别有所在，不在荣誉，而是，我遇上了我的第一个文学老师：李再云先生。他平日西服革履，人很年青，正派，讲课备课充分，常给我加些油印的诗文，都是课外读物，而且是进步性的读物。古代的有白居易的诗，引起我读了家中所有白集，居然不自量力地写了一篇《社会诗人白居易及其诗歌》。

像这样堂堂之鼓正正之旗的学院派或官方气的题，我以后从未再用过，这是有相当深刻的原因的。

李老师很看得上我的作文，经常贴在大玻璃栏里，我的第一首诗《雪中跋涉》就是那时写的，也贴在玻璃栏里。可惜失掉了，以后追补，似乎都不及原诗：短短八句而已。时为一九二八年春或冬，或是经冬历春时，时间记忆不真了。写的朝起在大雪里走路很难，走一步退一步，贴在墙壁上的灯光尚未熄灭，像个鬼脸；前面提灯的人，桥东边有站在冰雪中钓银鱼的人，等等。总之，我是以元白乐府派起家的。

李老师住在一间小楼里，那时他正在主编校刊。有一天他叫我到他那里去一下，我去了，他立刻告诉我："我也写了一篇关于白居易的评论，我抽出来了，发表你写的那一篇吧！"这在我简直是晴天霹雳，令我一时一语不能吐！我始终不能说什么话，李先生又给我一张早已写好的卡片，我却保留至今，这在我实在是瑰瑶了！上面是英文，下面是译文，原文从略，其辞云：

> 汝莳种子，人反收之；
>
> 汝寻财富，人反有之；
>
> 汝织衣裳，他人曳之；
>
> 汝铸兵器，他人挟之。

当时我自然不明白老师的用意，然我竟呆若木鸡，连请教都没有请教，就匆匆走了。我的那篇长篇论文（其实是抄录汪立铭的注释罢了）果然发表了。

然而从此我与李再云再也没有见过。他不久离校了。我也离校了。

我一直怀念，他是一位有智识的先进者。

直到很久以后，我读 A. Kollez 著《总同盟罢工》，——共四章，第一章第五节引有此诗，张溥泉译。[①]（七日午至此，是日大雪。）

津沽有一种《星期日》报，韩补庵先生主编，上面常有"征诗"，父亲常有应征，别号有愚轩、迷津舟子等，往往名列前茅。我有时代去领奖品，各种小文物而已。这些诗我也曾保留一份，后亦散失，像《汉上消闲集》所引，也许是《星期日》上面的，也未可知。

我休学在家无事时，父亲有时兴致很好，教大家读诗，开始很认真，我的继母、四姑、六姑、我各发蹋蓝或蹋红的字各一份，多为唐人绝句，后来宋、清各代间亦有之。

这比何逸清给我们（何炳棣）讲《幼学琼林》又要有兴趣得多了。自己也学着写。一直到一九五八年以后，那一年我

[①]原抄件有后记：英诞抄记，一九二八年夏，在天津西沽村始读雪莱《赠英国人》后二节。——编者注

有机会在故宫博物院有了闲职，碰到一位老先生，我才正式写起旧诗来。我仅限五、七绝，这就是儿时的训练的结果。但我从不认为会作旧诗，我始终没有学会古体诗，自然不能算会作旧诗。

父亲曾留有大包诗稿，有的抄写非常工整，后皆散佚，不可复得。父亲三十以后从事绘事，学画山水，诗不多作。现残存《西湖记游》一本，附诗颇多，已交青草①保存。父亲山水画在北京一地小有声名，亦不尚宣扬，思想有保守有新颖，亦有进步处。唯儿时作诗有"神童"之称，这没有得到发展，我个人以为是很大的不幸，这正是中国人的不幸。

在津门，我非常爱看书，父亲给我买过多种历史故事，图文并茂（中华书局出版），还订有《小朋友》（杂志）。后来发展自己竟胆敢买了一本有关教学的杂志，拿回家，又看不懂。这件事至今想还很滑稽。

不过，我大起来了。我已能买《革命文豪高尔基》（生活书店出版），从我便渐渐远离了旧的"书香"。（十一日晨起）

---

① 青草为朱英诞长女朱纹之小字。——编者注

八、书香

我们家是一个败落了的"书香门第"，门第是败落了，我的书香是永存的。这一点如果找证人，我举两个：一、商务印书馆，二、中华书局。自然还可以加一位"野客"，那就是琉璃厂各家旧书铺。

《四库全书》是我们的"书香"，它岂止"流芳千载"！我们没有欧洲那种大福气，什么秘籍都可以过目，平常就全靠上述三位证人。我们感谢他们传递过这些"书香"给我们。

书不能遍读，读本各有偏至，在我，我以为先秦诸子及各代文豪诗豪所著述，就值得向世界诚心诚意地贡献，而到目前为止，几没有敢说有这方面的"交通"。我记得三十年代，我方二十有奇时，读到一个数字：我们老子《道德经》即《三千言》，德国当时已有四十二种不同的版本！我们的辜鸿铭所译《论语》，我只在一篇小传《画像》里见到过。

我们承认科学落后于人了，是好事；但数理化千军万马，文史哲则老弱残兵，是好事吗？我不能无疑。

在我初初接触中国诗文之后，我很早就转入现代文学园地以来，以后，才从头再来补足所应该读的"要籍"，这先今后古一条路线，我以为比先古后今的路线要好，即平常说先"受了科学的洗礼"。不过这也不能说得太死，例如鲁迅，在文学上似乎就是先古后今，——不过鲁迅这样的永远站时代的前列的大人物，我们是不能以常理论述的。

我读《桃花源记》以前，在南开（自编）教本上读过一节无量寿佛经，讲"净土浮华"云云，实在引人入胜，我对佛说的庄严妙境发生了极大的好感！我觉得读书真是"至乐"！后来我才读的《桃花源记》，那么鲜美的诗做了我文学入门，我至今引为幸福。

《桃花源记》是父亲教的窗课之一，必须会背诵。

平常我常看到捧着一本大书默读，样子很是神秘！我以好奇，偶窃阅之，原来是"苏书陶集"，苏书和陶诗以及"和陶"都是后来知道的，那时我随意翻阅，觉得也并不难懂！那么父亲为什么不教我读呢？这就是教读《桃花源记》的缘起。

《桃花源》诗，却是我自己后来补的。

至今清陈朗山（煜）楷书《桃花源记》一直悬挂在我的床头。

几乎各种陶集，凡是我能得到的，我都得到了。我感到书的芳香，比起春天里鸟啭花香，别有一番滋味。

九、涉猎

此后，我一边崇敬"文豪"，一边闲逛冷摊，从西单商场发展到东安市场，到琉璃厂，书是先看后买，我没有很多钱，很难多买，起始总是捡便宜的又想看的才买，后来有买书钱了，习惯还是这样，从不大手大脚。我记得有一部吉星的《新寒市街》译本，我反覆多次，最后还是因为定价太贵，放弃了！这样的伤心的事是常得上的。

我从高尔基上溯一转而为屠格涅夫的《散文诗》，——这是一部书品极佳的著作，我还记得一位好友因为他买到的是白封面的，很不满意，我只得割爱把红封面的一本换给他了。不过后来我又买到一本红封面的。从屠氏一面转到法国，一边转到托尔斯泰，到陀思托耶也斯基，以及白林斯基，普希金等。我非常服膺那三位奇人，托夫的一副"故居"，即以"穷人的树"为主要眼界的画依旧悬在墙壁上。

法国我先注意《磨坊书札》，后来则是《三故事》。从此我知道世上还有像李健吾先生那样用功的读者加译者。我非常尊重我们的译文工作，觉得可比为译经的事业。在这方面，鲁迅先生是伟大的保姆。

鲁迅先生并无偏见。——

我以为，凡此无不来自蔡元培先生的伟大的教育主张"兼容并包"，即俗云古今中外这一源头。

只是鲁迅自己的发展日益奇肆，像杂文，后来甚至提及章太炎先生，大有认祖归宗之致了。那样如元文的另一种"野战"（元人文以长散文著）的发展，这一点，由笔者看来，等于诗史上出现了屈原一般。

施蛰存是诗文学的保姆，没有他，戴望舒未必能兴起，连西班牙诗的绍介都不是例外，我个人就从读了施先生的绍介爱尔兰大诗人叶芝，才开始迷恋于诗的。在诗文学这方面，三十年以来所有我能涉猎到的理想与创作，寒斋收藏甚为丰富。别的很多资料我都同意毁弃了，而这些以及我自己的诗作幸存下来，可以说是天意，也未可知。

我这里还保存着一本《美国现代诗选》，是施先生的，大约是李象贤[1]那里拿来吧。

在外国文学上，我没有专爱。

我们过去号称"诗的民族"，但是，假如现在有谁来倡议举行一次选举，我将投爱尔兰或西班牙一票。我却不选我们中

---

①李象贤即诗人李白凤。——编者注

国。中国实在太不成话了，罗曼罗兰说得很公正，他认为精力都让政治经济占去了。现在这里最好的诗人也是只有诗才，而无诗学。他们在打游击。

我只是在家园里掘一口井。

总之诗没有建树。我所选的一部《新绿集》（中国现代诗二十年选集）也许比朱自清先生的大系之部略少而精也未可知。它止于一个历史的划分时期，即一九三六年，终于胡适的一首《月亮的歌》。

十、家国两难

一九三六年冬，我的祖母因病，医药无效，逝世了。我到东郊大亮马桥，把祖母的棺木和祖父的棺木并葬。那年，祖母是七十一岁。

因非常痛苦，几不欲生！

但是不知何故，很快我就把对祖母的怀念一一转母亲方面来！我非常想念我的母亲！实际上我不但很早就失去了母亲，却有一个继母正要接替祖母的爱抚。这自然是不可能的。

首先她们方讽谕我求学无用。

其次她们讽谕我要找事情做，以便生活。

复次她们谋求把持我的婚姻。

继母家两个哥哥都是银行行长，其一给我介绍一位大家闺秀，在家里画画，家中勉强我出席一个茶会。到了来今雨轩，我神不守舍，没有话可说；但我爱那位女士是端方的人，只是个儿略高。我便以此为理由，声明不加考虑了。这一来她们急坏了，也气坏了，我分明是抗旨不遵！——从此，两家关系便算破裂了。

不久之后，卢沟桥事变后，各方面慢慢上了轨道，但我从父亲说：有日本人的地方，我不去。父亲居然认得一个很高的国民党做秘密工作的头子物色人才，说让我去做点小事！我想，这其间还能说父子之情吗？便断然拒绝了。

我偶然遇到沈启无（曾在废名家见过），他说他把我和南星（杜文成）都向苦雨翁推荐过了，已经算是文学院的助教了。

待到由祖家街东迁灰楼（在红楼后），我便是上课了，每周"诗与散文"（习作）二节。翌年改讲师，兼文史研究所研究员。平常不到校，只在家里写教材，整理废名的新诗讲义。

这个工作做了三年，后以周沈破门事，城门失火，殃及池鱼，我从此与周先生的关系断绝了。直到后来援救出狱捐款，废名偕我到川岛家交了钱，我没有写我的真姓名。

我在北大认识一个女生，即传采①。当时正在开头"烧松树枝儿"，我怎么能和大家闺秀、未来的画家结识。此之谓阴错阳差，连天神都管不了的事。

十一、与当代文士的关系

我在交涉里提到作诗的事，特别是叶芝。

叶芝在他编选的《牛津现代诗选》，选了李白的《长干行》（译者为庞德）以及白香山的《于悟真寺》；我知道叶芝看不起科学和知识，以为"还不如一根稻草！"他还曾经梦想把诗写得"不诗似的"，这真可与贯穿汴宋到杭宋的一条信任相比较：东坡谢李公择惠诗帖云："公择遂做到人人不爱可恶处，方为工。"以及"诗到无人爱处工""诗到令人不爱时"，叶芝尝说："当讲理由与目的的时候，好的艺术是清净的。"也可以比较清王西樵《题孟襄阳集》"云鸟虫沙近楚天，清诗句句果堪传；一从举世矜高唱，谁识襄阳孟浩然！"

当我读施译叶芝诗时是想不到这些的。

但是，当时我却注意到施蛰存先生介绍外国现代诗的热忱，例如美国，以及美国爱唐人绝句，等等。凡此都是令人感

---

①即陈萃芬，朱英诞之妻。曾取笔名"传彩"（"传采"），并发表诗作。

——编者注

到温暖。

我和施先生、戴望舒都只通过一次信。

我和郭沫若、沈从文，也都通过一封信。

和蹇先艾先生有过请教诗的过程。那是一九三二年的事，我自己初回北京寄籍，住在锦什坊街武定侯胡同亲戚家老屋里，恰好碰上了阴雨连绵，很像江南黄梅天气，槐古香浓，乌哑苔绿，我只好取出行箧里唯一的一本泰戈尔《飞鸟集》来读，偶效其体写了几首以《印象》为题的小诗（今留一首），却发表了。自此始留稿。我以《印象》连同旧作（即《雪中跋涉》）请萧然先生看，萧然先生的批语是杰作！杰作！但告以作诗要注意修辞云云。这个教诲，我至今遵守，不敢违背。这件小事蹇先生也许早忘掉了吧？那么也许更有意思些。

我学诗是从认识静希先生开始的，我常请林先生看诗；我有诗是林先生寄出发表的。后来林先生介绍我往访废名先生，而以年轻，未敢冒然到苦雨斋中去，但据废名先生，岂老说你的诗用字比我的都圆到，曾给予尝试。又在汽车里同沈启无指出我的某篇小品文字写得很好。我真正到文学院教课，才进谒过周先生，先生说，"我们不办，总是有人要办的，恐怕还不如我们。"我想这话很富有情理。然而以后周沈交恶，我错在在启无一边，又以写《苦雨斋中》一文里面用了《采薇歌》，凡此都使先生很不愉快，关系遂断绝。

至廿四年冬，有诗一卷，即《仙藻集》，其初版静希先生为之序，翌年又有一本，曰《小园集》（发表时改用《紫竹林集》）。

和废名先生须另写，这里就不再补足了。

周先生当林语堂办《论语》《人间世》之际，文运红极一时，小品文字随笔性的学理漫谈几乎篇篇动人，有如珠玉。我能够受到这样望若神明的大师的奖掖，心里的感激之情实在无法表达了！我怎么能够有丝毫反对他的心意呢？

卢沟桥事件起来之前，我曾打算到日本去学印刷术（我父亲想要我学日文，办外交！），我请废名转向周先生求教，周先生很高兴，说他可以给办护照，并云：徐耀辰先生也成；并且嘱咐带够来回的路费，——因为我患有淋巴结核，怕不能进入。

就是这时会，卢沟桥事件发生了。

我说他们既然来了，我何苦还要去呢？

命运就是这样转变的。

后来我在国文系教两小时的《诗与散文》，偶有机会可去日本，我想去，周先生语重心长地说："这时候不要去了吧！"我听了如闻长者的声息，至今感念。

然而日本侵华，周先生过去有人比之为陶渊明，日本人进来了，又自比庾兰成，那都是不多的。周先生平日外示平易近人，然实有阴郁内向可怕的什么，不难洞察；文章写得别扭时也有所透露。较诸鲁迅，难于同日而语。在文学路线上，苦雨翁倒是先今后古，逐渐成熟起来的，故容易受青年人的敬爱。周先生自称儒家，我以为不像，周先生依旧是他极望摆脱的文士，而不是思想家，他缺乏体系。可以算杂家，然仍以文字语言见长，思想并无可称道者。

今年夏至前四日蒙故人琦翔①送周氏《回忆录》来，才知道上海曹聚仁做了一件极尽情理的事！《回忆录》这里不拟赘言。

我看了这部厚重的书，一方面觉得很是欣慰，一方面想起李金发在他的《异国情调》里的记叙，觉得大家都源出于蔡孑民先生，何以相去如此边远；这个舟怎么同？怎么济呢？——这实在是一个"天问"。我怕"天问"可以再有而"天对"那是不会再有柳柳州其人来再写了！

---

① 琦翔为张琦翔，昆曲曲家，北平沦陷期间曾就读于北大文学院，并向许雨香、韩世昌、王益友等著名曲家、艺人习昆曲。其家离朱英诞先生家甚近，常一起聊天。据陈萃芬女士言，张琦翔家总是"锣鼓喧天"，俞平伯等人亦常去拍曲。——编者注

十二、我的追悼

一九六七年七月廿七日，闻琦翔云：苦雨斋被街道纠斗，让他站在一张方桌上，上去了没有站住，溜了下来，就这样斗了一下，就散了……

日本军一进城，八道湾周宅屋顶上就升起了太阳旗，这就使任何人也不再能说半句话的了。

我听了被纠斗消息后，冷静沉思，百思莫解，我对一切都是莫解。最后依旧按老规矩，写了一副挽联，较离奇，因多平仄颠倒，其一云：

书房一角古希腊小希腊间悼闻师心热我海上多唐俟；

华叶两枝文浙东史浙东每力排俗士哀矣山阳念稽康。

其二云：

五四乎昙花一现经济南移芜城今已成边塞松菊犹存；

百一也大树飘零夕阳西下深巷昔为问路人屋乌
将止。

十五年过去了，壬戌小暑后二日，雨中阅《知堂回想》，
题二绝句，复制一联，类独断其辞曰：

生命珍重过去；掌上是九曲明珠，梦里荒塗；非
极端个体；何必苦口说千心。——尔作禹步，随魔蚁
而狂走；
文章怜取眼前；门外有一道小河，天际传客，真
止此童心；难能竭情添百足。——谁侧藏耳，听鹍旦
之高歌。

壬戌夏得读《知堂回想》，读了几节，很高兴，写了下面
三绝句：

《有感偶口占》（三首）
红云嫁了黑云怜，果有真诗真味鲜；
此日渊明腰再折，荒涂无复柳三眠。（一）
文章盖世窗前草，六一风神有足多；

敢赞湘西人一语，小河休道是先河。（二）

文章盖世窗前好，六一神完草不除；

微雨小河一事也，不须绝物到甘茶。（三）

按：湘西人指沈从文，沈在桂林时曾著文谈习作谓周氏"似因年龄堆积，体力衰微，很自然转而成为消沉，易与隐逸相近。神秘方面的衰老，对世事不免浮沉自如之感。"又云："理想明莹，虚廓如秋水，如秋天，于事不隔。"诗人李金发在重庆，引沈文加以指斥，除了升太阳旗外，还有一句"文人无行"（见商务版《异国情调》。草不除斋谈习作文则未见）。

湖南版《周作人回忆录》没有曹聚仁《校后小记》，并云在郑子瑜《周作人年谱》后面写了《知堂老人的晚年》，均未见。他说："这么好的回忆录如若埋没了不与世人相见，我怎么能对得住千百年后的社会文化界？"又说："可惜那位对老人作主观批评的人，已不及见这本书了。"他指的大约是鲁迅先生。

我陆续阅读《回忆录》，常感到文字啰嗦蹩扭，于过去轻重急徐恰到好处已迥不相同，但既作回忆读，与语言文字关系可大可小，无须多言了。

我觉得全书有所谓"山水聚处"，如《小河与新村（上中下）》，全书写得最好的一篇是《一四一 不辩解说（下）》，我以为，鲁迅先生复生也当首肯。实际上他早已首肯了，关于五十自寿连和事老蔡子民先生都出头了，世人早已谕晓，只不过此种过分的晦肯是不应有而有的事，世人无此手笔加以描摹罢了。

周作人作《"不辩解"说》，其实说即辩解，十分显然。他看准了《伤逝》这一篇，不但需要全部中国的中庸与传统，而且需极为广博的古今中外的综合的情理；著者以为，周氏晚死了若干年，与鲁迅先生可谓"事后诸葛亮"。兄弟总是对哥哥让出一头地的。

请容许我把另外几首诗录如下：

戏题《"不辩解"说》

几曾风雨满春风，且听鸡鸣息论争；

香草美人浪分雪，老夫临水每伤感！（一）

远听犹闻鬼拍手，北京曲巷雨经风；

何如低调非高调，土气无妨裳自红，（二）

杜鹃声里闻鸠唤，逝水何堪心自伤；

补树不忘南半截，水晶帘外筑高墙。（三）

后记：

知堂老人引用旧作《辩解》，说《伤逝》是鲁迅的难懂的晦涩的诗。并提及安德列叶夫，堪称真知灼见。

顷闻《伤逝》获今年电影最佳摄影金鸡奖。据云《伤逝》"用低调拍摄，就是最热闹的庙会一场，人们穿的红衣服也透着土气。"见一九八二、四、十一：《访问北影师邹积勋》（《北京晚报》）。

我和知堂老人关系甚浅，却写了这么多。

此外，所有文集除《希腊女诗人萨波》一本幸存外，已完全散佚。现在我手边只有一篇译稿：钱稻孙《日本诗歌选跋》一文，还有一部鲍士恭家藏本光绪葵未重刻《西湖梦寻》五卷，有题字曰：

此苦雨斋物，尝从道蕴先生处假归拜读。旋卢沟事变起，劝先生归黄梅故乡去。此本遂入藏于萧斋。卷原阙二叶，苦雨翁抄补完好，笔笔无倦意。（民十八五月六日抄补。）遂成希世之珍。纹①宜瑶之。（一

①"纹"即朱英诞长女朱纹。文中"纯""缃""晓芙"皆朱英诞之子女。——编者注

九四三年秋，朱青榆①记于海淀无春斋。）

少时所读周先生译诗集《陀螺》里收有一首日本文学世家崛口大学的一首《红石竹花》，我记得很清楚，很稀罕石竹花，欧洲人重视石竹，谓花示希望，毕加索画希腊英雄为《持石竹花的人》。我也曾取林和靖诗"冷摇疏朵欲无春"，以"无春"为室名。所以一向印刷鲜丽如恒。

我在文学院任讲师，曾妄拟东渡，周先生以善言止之。在我是有点缘故的，我听说有人把我的《紫竹林集》携至东京，蒙崛口先生赏识，誉为第一（但是有个大会，会长岛崎藤村，有人提议第一让给小说了。这在我倒绝无所谓）。我们听说我的诗名在东京，但署的是沈启无的名，这样怎么回事呢？一首小小的《窗》，还值得犯抢吗？总之，我想我亲自知道崛口先生赏识之所在。但既不能，也就算了。但对我的石竹花的诗人，遂为海外之知音。最近题画有句云："风外鸡啼海上桑"，其背景即在于此。

至于传闻架着机关枪讲演，又公开讲主战，以及晚年不

① "朱青榆"即朱英诞。朱英诞原名朱仁健，"朱英诞"为其写新诗常署名，"朱青榆"则多用于建国后，盖其住处墙外有一青榆"拂扫天空"可"慰情"也。——编者注

"把生活弄得好些也是好事"，说的得以实现，大兴土木。首先，白杨树（俗呼鬼拍手）伐去，——即此一点所谓苦雨斋确乎是喜雨斋，少年维特的烦恼果然变成了少年维特的喜悦了！呜呼。

岂老是"两截身物"，毫无疑议。

十三、诗与桥与船

林庚先生是我的老师。

当时我虽很爱文学，于作诗还非常幼稚，但静希先生不介绍我去谒见周岂明，却介绍我去访废名，这是林先生的懂得人生老少之故的地方，也是他的"主观即真理"；静希先生又相反的绝不阻止象贤之去频频地搅周先生，而并不让他和我去访问废名。凡此，我以都是静希先生的通达世故之处。

故北河沿枯树小河就为我的午梦梦游之处了。我常常找废名先生听他讲诗，温飞卿，李义山，庾信以及杜甫都是从废名先生那里获得"真知"的。

废名先生和我谈得更多的是现代诗，现代诗的作法；他很爱旧诗，但他以为新诗应该比旧诗更好，更是真诗。

废名先生持赠给我的《桥》《枣》《桃园》，我自己后来还买到一本早期所作《竹林的故事》。其深情厚意，我都铭刻在心，不敢或忘。

废名先生编讲义选诗，我也帮助他选，我记得他看到我用英文写的"非常好"的评语的郭沫若先生的《夕暮》，他很注意，问评语是谁写的？这首诗他立即采纳了。废名先生的真诚往往是动人的。

他也讲莎士比亚有真诗。

说徐志摩，——只有一个徐志摩，别的人都不行。我说徐志摩先生的诗有的写得很感伤，废名先生大为满意！然而，给我讲莎士比亚写《影子》，说："你看它多么悲哀！"似乎大有启发。

抗日战争前，废名写有三篇序文：一、《冬眠曲》序；一、程鹤西先生《小草》序；一、我的第二小卷诗《小园集》序。以给程鹤西的一篇为最有卓识，其中引有姜白石的诗。

抗日战争后，废名写了三篇评论：一、给冯至先生的；一、给《十年诗草》；一、给《林庚同朱英诞的诗》（一九四八年四月廿五日《华北日报·文学》第十七期）。此外，还有一篇关于自己的一章。

废名重来北京，我一闻讯即从远方归来，看望他，送他榛子吃，他还吃得动！立刻说："好久没有吃了"，立刻用牙咬。

他看到我的《新绿集》（中国现代二十年诗选集），说人们要感谢你呀！我说人们感谢的是他！

我们还约定和静希先生在燕南园会晤一次。

我回想先生约静希先生和我在公园会晤，斥我后至，以为子房！而自称黄石公。真有隔世之感！

废名先生在新华门大街请我吃午餐，问要不要喝一点酒？我说不要，先生叹道："写诗不能像喝酒一样！"

我听了如经棒喝！昔劳伦斯（D. H. Lawrence）对当代青年之以爱为酒，深致不满！见其说部法译本自序。经废公说之无心，这一提，我不免大吃一惊。难道我果真以诗为酒乎？呜呼。

世事如流水逝去，我一直在后园里在掘一口井，我是否要掘下去呢？掘井九轫而不及泉，一九四九年算不算要画一个划时代的道道呢？一九三七年《枕水集》已经划过一次了！

废名先生的桥随风飘去了。

我的小小的野渡"纵然一夜风里去，只在芦花浅水边"。

废名先生随杨振声赴冰天雪地，林静希先生说还要过杜甫的书单，开杜诗课。有论文发表，寒斋保留一份。闻一目已眇。呜呼。怎么能到那么寒冷的地方去呢！

十四、病一

我的诗病已是病入膏肓，我的真病呢，那却全摆在身外。

六七岁我患淋巴腺肿大，俗呼鼠疮，大家医药卫生知识非常浅薄，也不重视。约十岁左右，冒然在一个小医院里开刀，这一下可不得了，再也不能好了。我的学校教育，就是病耽误的。

祖母极奈心地天天到一个小私人诊所去换药，医生是父亲之朋友，但路程很远，后来，遂不能坚持。在我二十岁以前，身体强健了。有一天，父亲回家很高兴，说有一个日本药店施舍一种药，对淋巴结核有特效，拿出十小包来，说每日吃一小包，吃饭禁荤腥咸淡，既不能吃油，也不能吃盐。我就照方服用了。

十日之后，十年的大病，霍然痊愈！

我至今还记得当时我站在院中，左手扶着晾衣绳那时高兴的神采！我的淋巴腺破伤完全愈合了。

以后我自己也去要了十小包来，问那经理，也姓朱，说，嘻不值。我们西藏采药去，带回来点，当地有得是。这只是一味草药。日本药房盖着图章曰"文殊汤"，自然是命名。遗憾的是当时谁也缺乏远见，没有人问一句叫作什么药草。

待到我长大以后，再去寻求，天津日租界已改换了面貌，那个日本小药店也早已不见了。

我一生未再重犯该病。

十五、病二

五十九岁、虚岁六十那年，我同两位年逾七十的老人，一鼓作气攀登鬼见愁，是一件值得我们自豪的事。

那一次有一位攀到一半，因为是小道，确很难爬，他半途而废，没有上去。过不几时，从正道他也爬上去了。

我们一爬上峰顶，就受到年轻的人的赞美。其实鬼见愁徒有虚名，并无引人入胜之处。

第二年，我走路忽然发生问题了，一走动下肢就疼，走了不多远就要停下来休息一会儿，才能再走。这一个对照令人奇怪，我深觉丧气！我心中明白这一次我要被病打倒了！

行动艰辛中，我仍能坚持到新街口书店买书，《马克思传记》，就是从新街口买来的，时为癸丑冬日。还有一次，我居然乘七路车远赴琉璃厂，买了一部六一居士集，时为壬子白露。

后来一位医生疑似胆管炎，经外科会诊，我就是。我的晚境出了大困苦！偶不慎，迎面骨碰破，十个月不愈合，终夜抱膝呻吟，痛不欲生！

幸好，青草的同学是北京著名的中医外科的房少樵先生后人，兄弟二人，一专治乳腺炎，一专治脉管炎，弟为宽街中医医院外科主任，于是我得救了。

房芝萱大夫只用了点粉末，弹在疮口上，说注意是先疼后疼，……第二天再看，疮口已经愈合了。只朱纯碰了一次，微有出血处，但第二天也就好了。俗云"神仙一把抓"，今果有此奇迹！以后又连续服用二百来付汤药，我的脉管炎没有截肢，完全好了。只是右腿大筋萎缩，不能伸开了，故走路微跛，也仍不能走远路。这是一九七五年的事。

那时缃尚在延庆务农，带回极大的鸡蛋数十枚，统统送给房芝萱大夫了。

房大夫救了好多像我这样的苦人儿。

十六、病三

我大病是先天性胆道狭窄。

一九四八年我患急性肝炎是因为发脾气惹起的。后来又闹过两次，曾住院治疗，经钟惠澜断为疑似传染性肝炎。治疗了一阵，就出院了，糊里糊涂。以后我便长年累月大量地服用中草药，我记得有过一年从年头吃到年尾，一天也没有中断。

我不仅用茵陈汤，有一个大夫给我论两地开薏仁米，我感到有奇效，因为薏仁米利水，我解小手感到是愉快的事。——不料当时"三年灾害"，药房中人提意见认为有以药代粮的可能！这实在是可恶至极！然而实际竟没有一个人敢于对此恶毒有所争论！

一九六一年我又住院治疗，这一次受的罪很大，诸如抽胆液各种化验都做了，使大夫很奇怪，尿里和血里的情况不一致，他们外请北医的一位大夫，开了三次全院大会，这位中年大夫号称会六国语言文字，能给老大夫讲课；据说在他掌握的我这类病例中，全国（还是全世界？）只有两个，那一个与我还不尽相同。确实他一接近我，我就觉出他是可信赖的，他说当时只协和可以做一种快速肝穿，他说他亲自给我做，我一口就答应了。果然一点都不疼。

但这一夜纹丝不动，一个沙袋在肝间，那种罪罚在我也是生平的大手术了。

然道，他的诊断，我是肝管阻塞。

从此我就没有再向肝病觳觫了。

主治医生劝我开刀，他当有两个阻塞原因：一是先天性胆道狭窄，一是淋巴结外转压迫胆道致使阻塞，先问他何以不先考虑先天性狭窄呢？何以要开刀现来寻找呢？

他一句话没有答上来。

于是我出院，回家。从此仍改服中草药了。

十七、病四

我的高血压症和慢性支气管症一直没有引起我的注意，这实是大疏忽。

近两年来，气喘、尿频，不能安眠。

去年冬天开始的，当时我态度消极，不欲苟全；今年夏就开始哮喘起来。这实在是太讨厌了！延至十一月七日，即寒露前一日，住院治疗。这一次还好，人们拿病当病，拿人也当人了，那就积极治疗吧。

恰好人民医院闹了一场火灾，否则也还许不易住院哩。住院后蒙大夫们竭尽全力研究治疗，他们一直要我们私下配和找那一次"肝穿"的病理资料。二院现任院长是人民的，他的女儿和我的小女儿同学。费了很大的劲，结果无所获得。毁于"文化大革命"罢了。

临到末了，一位女大夫当机立断，给我两片安定吃，结果觉也睡了（七小时），起夜也只有一两次了。可见是神经性的。

在病房里住了整整五十天，当中山妻传采拿给我有王森然先生所赐《雄鹰展翅图》，欢甚！当夜深夜不寐，暗中摸索草一绝，出院后复草一绝，遂得题记，兹录如下：

杜鹃香啭越岩墙，风外鸡啼海上桑；

曾抚涧松望山月，我知愧怍作鹰扬！（其一）

此身是鹘醉呼鹰，塞北江南不自矜；

愈疾通神无倾侧，奇毛在野褒能憎！（其二）

〔右森然先生所赐近作《雄鹰展翅图》，读之深有

绘事后素之感！于北京留病山房北窗下朱青榆，

时年七十。〕

　　因为有病，有意无意地常会呻吟，是谓有病呻吟；我也因
为作诗，经常担心有人斥曰"无病呻吟"！这样，有一天竟听
到塔下的呻吟，深夜不寐，就写起来。后来发展到加进现实材
料，我的病房的呻吟居然成为故实。写罢后，给晓芙看，她进
为结穴处怕没有懂，意就是说以不发表为相宜。故得于录于此
节末。

十八、三十年代（小引）

　　有一位和我同年生的青年希腊作家（D. Cahtanake）论当代
英国青年诗人时说过一句话："对真理的热情是三十年代青年
诗人与作家中最有才能的份子特征。"我非常珍惜这句纯洁的

评论。

　　我生也晚，没有赶上那火烈烈而风发发的局面的"五四"的岁月，但在我的想象里，"五四"和三十年代一样，它们精神是贯穿着的。我们不妨说鲁迅把五四的光彩捧到了三十年代，北京上海同是中国的古战场，借用郑振铎先生的话说，上海是"屈原世界"，北京也是"屈原世界"，一齐与"非屈原世界"斗争。

　　许多人都是从文学的爱好进入革命的。沈雁冰，郑振铎，瞿秋白，鲁迅，郭沫若……都是我们的女娲捏成的。自然，有些是"絙"（泥绳子头）。然而我大胆地说，所有致力于文学艺术的人几无例外的是钻入"非屈原世界"去的。

　　就是周令飞也非例外。目前他不过正在被人们玩弄罢了。

　　我尝奇怪人们的悲观主义之来有如感冒那么便当！我问：人类此刻才发展到什么地步，人类目前还非常非常野蛮而你就"悲观"起来了！何以这样大惊小怪？

　　鲁迅先生逝世过于早了些！假如他像两兄弟，无论如何他不会失望的。我尝斗胆地认为"伯夷隘，柳下惠不恭！鲁迅两皆有之。"话写在《热风》上，被人看见，这大惊小怪起来，我答道，如果不是因为有"非屈原世界"的陷阱，鲁迅先生将不会写《伤逝》，而周岂明理解力殊不薄弱，故最后自然地得到了鲁迅先生的深厚的宽恕。

一九四九年开国后，三十年来，在三十年代上海热烈生活过来的人们大都在北京尽情地享有了天棚鱼缸石榴树，——很好。

我们非常①石榴包括的它的谎花，给我一个伟大的象征的热闹的端午节。

此后我们希望，像唐之"竞技"那样的龙舟竞渡火火的热闹起来吧。（十二月十六日写至此止）

一九三六年，就从上海一本历史家传记的后记里看到一句诗，译者是当作警悟语提出的，这即是唐许浑著名的一联，写景诗的下联：

溪云初起日沉阁
山雨欲来风满楼

它给我的印象很深，我以为这绝非仅仅是敏感的诗人的呼声，而日有所见的。

最有意思的是，经过了四十年，七十年代里，这句写景诗

---

①原稿如此。疑有脱漏之字。——编者注

依旧在北京呐喊起来，它几乎成了一个整个大时代的影子了！

中国人都懂政治，而深懂政治的人是不问政治的隐士，他不闻不问。他深知如果闻问，他就得不到自由了。……这样胡闹思考着，直至碰到了一个"山水聚处"，大家共同获得了那所谓"第二次解放"的时候，于是心里的话都不吐不快了。我说乱世最忌名缰利锁，像我这样畏名利如猛虎，我们行吧？你们受得了吗？

我说我一生只采用了诸葛亮的半句"苟全性命于乱世"。

罗曼·罗兰和他的夫人不和，最后俩人离居了，这是一件苦恼的事。伟大的罗兰说，不过像四月中乱了一次天气一样。我们说人生的艺术真的不是好玩的事！

正是这位罗曼大师在三十年代对我们说："我相信，近三十年来，政治和实力的问题，消磨了它最好的精力。"（覆敬隐渔，一九二四年十月十七日）

下卷 诚斋评传

诚斋评传①

小引

约五年前，我草《长吉评传》，只用了十天的工夫，今年（一九八三年）草《诚斋评传》，却用了十三天的时间。岂真喜不及悲耶？是的，但也不尽然。诚斋的笑，我以为是"逌尔而笑"②。假如探索"变化气质"的理学家如果连宽舒心理都不具备，那恐怕乃是不可想象的了。然而难道辗然者，果真见了鬼了吗？③我想那也许是不大会成为疑问的。诚斋最后

①此篇又名《笑与"不笑"——一位罕见的幽默诗人》。因本文中所引诗文常有异文，或是不同版本，亦或是出自朱氏记忆之故。本文之整理，对尚未确认依据的文字保留原貌，以存朱氏之意。——编者注

②"逌尔而笑"，逌，古"悠"字，笑貌，宽舒之貌，见班固《答宾戏》。

③"齐桓公田于泽，见鬼焉。病数日，不出。有皇子告敖者曰：'臣闻有委蛇恶闻雷车声，而捧首而立。见者殆乎！'霸公辗然笑曰：'此寡人所见者也！'"（见《庄子》）

深感幽愤而死，然则他倒也不是"绝倒"①"哄堂"②之徒。自然，他不曾经历过陈抟的坠驴的"大笑"③。——诚斋即使是大笑，也是"局局"④然而笑吧？倒如《老学庵笔记》，放翁云：

"杨廷秀在高安，有小序云：'近红暮看失燕支，远白宵明雪色奇。花不见桃惟见李，一生不晓退之诗。'予语之曰：'此意古已道，但不如公之详耳。'廷秀愕然，问古人谁曾道？予曰：'荆公所谓"积李兮缟夜，崇桃兮炫昼"是也。'廷秀大喜，曰：'便当增入小序中。'"这"大喜"岂非"局局"的笑。诚斋的态度也使我们感到欣羡，这可以使一种诸葛亮"我尚不能忍者"式的笑⑤吧？

据说诚斋甚爱梅花，这倒不足为奇。我根据"陶诗甘，杜诗苦"的见地，想到有所谓菊花有种名"笑靥金"（见《药谱》）者，似乎倒合乎诚斋及其诗的品格。——自然，此当非

---

① "卫玠谈道，平子绝倒。倒，大笑也。"（见《世说》）
② "每公堂会食，皆绝笑言，若有不可忍者，杂端大笑，而三院皆笑，谓之哄堂，则不罚。"（《御史分纪》）
③ "陈抟闻宋太宗登极，大笑，坠驴，曰：'天下定矣。'"
④ "季彻，局局然笑。"（《庄子》）
⑤ "谯周字允南，幅素朴。初见诸葛亮，左右皆笑。既出，有司请推笑者。亮曰：'我尚不能忍，况左右乎？'"（《蜀记》）

"第一印象"。我以为"第一印象"常时会造成误失，本非所取也。

朱青榆，一九八三、八、卅，于北京樵西精舍[1]

序

　　我读《诚斋集》甚晚。乙未（一九五五年）秋冬之际，病中偶出散步，见《诚斋集》残本，有文无诗，而归来读《心学论》，殊特精妙可喜。翌年丙辛清明后二日午后赴隆福寺，乃得购其全。百卅三卷，刘炜叔序记为卅二卷，末一卷盖历官告词也。同年，暮春中浣重至隆福寺复得一种。前者：上海涵芬楼借"江阴缪氏艺风堂藏景宋写本"景印；后者：题曰缩印日本钞宋本：实则一本也。（一九五六、四、廿九，旧历三月十九日，记于千种意斋）

　　庚子（一九六○年）仲春在北京图书馆查阅，诸本录如下：

一、一七一二年杨文节公全集四种：

　　一七九五年清乾隆六十年，及

　　一八七六年清光绪二年吉水杨氏刻本；

　　吉水涩塘藏板，卅三册，有像。

二、善本： 11539 宋淳熙绍熙间追刻本廿二册

12196 明末毛氏汲古阁钞本廿八册

（顾麟士校并题跋；

同上，翁同龢跋二册）

3712 清初钞本十二册

8479 清钞本廿四册

10324 清钞本四十八册

4188 批点分类 诚斋先生文脍前集十二卷 后集十二卷

李诚父辑，元刻本，六册。

9068 同上，明刻本，八册。（蔡瑛捐赠）

经丙丁之乱，无意于亲笔砚久矣。约五年前始草得《协律发凡》（《长吉评传》，一名《苦吟诗人李贺》）。今年（一九八三年）小暑前三日，始草后序。其次是一部书抄，即《闻雁抄》，只待着手清缮了。

癸亥七夕前一夕，重阅诚斋九集，始草《笑与"不笑"》（《诚斋评传》）。上距我始读诚斋时，光阴已流逝过去近三十年。不能无感于日月催人速死也！今在病中，而俄罗斯古谚云"病有病福"，实则非"死前闲"耶？

去年春，传彩远赴南京故乡，绕道苏杭，而归。告我以临太湖，令人心旷神怡。传彩行前，我说我是梦游派，不但西湖要梦寻，自沙漠化的呼声起，似乎连北京却要梦寻了！人谓予大有昭君气（我们说的自然是古往的昭君）！因为，重执剪拂，着手写此本过半，因题数语于卷首：

读《朝天集》咏含笑花及《梦笑》"西湖六月"
等绝句有感
皮毛落尽笑来时，觅觅寻寻梦见之。[1]
《蟋蟀经》成秋窸乐，西湖虽好莫吟诗。

朱青榆，一九八三年八月，癸亥处暑后一日，皂白老人，于北京樔西精舍

---

[1] "不笑，不足以为诚斋之诗。"见《宋诗抄》。

一、诚斋为何许人

杨诚斋在中国诗史上，算是"名家"，不是"大家"。故其声名有好有坏，并不足奇。然而，相反的，有的人小视诚斋，则明显的是不公允了。例如清末的王壬秋，主张"先辨朝代，后论家数"，这是可以的；但，他又说："近人卤莽，谬许明七子为优孟，以杨诚斋、陆务观配苏黄；不知七子之全不能《文选》，杨陆之未足成家数也。"就未免过于武断，足以令人不齿了！

因之，远在一九五六年，我最初有志于写《诚斋评传》，就特别用了一个"一名'中国少有的幽默诗人'"。事情过了约三十年，我的心意发生了某种变化，以为这个"一名"有些刺激性，不复采用，并无损失。

我是怎样改变的呢？

说来话长，诚斋在永州时得遇张浚，浚勉以"正心诚意"之学，诚斋不但以之为师，而且终身师事张浚，可谓难能可贵。《诚斋易传》，还给我们以旁证，证明这位理学园地里的诗人，以史解经，并具学人的品格：这些，自然不是"幽默"一义所能表达的了。我以为还不如就只朴实地用《诚斋评传》，反而较为妥帖些。

特别有意趣的是，高才如放翁，每在诗中表示他的理识。诚斋却并不，而在行为上，不但他个人，连带他的家人，也都是有道德、有品格的高尚的有识之士。在这一点上，放翁乃是不足道的。——

附带地说：放翁于心性之学只取"一字铭"曰"恕"；这且不言。据说放翁子贪酷、杀民、烧屋等，都有事实，见诸记载（《吹剑录外集》）。今人每喜就放翁《钗头凤》之艳闻，锦上添花，妄拟扮放翁为仁人志士，且为唐婉所激励云云；不知放翁有歉于唐婉者，其罪殆不可恕，故书欲反《钗头凤》一案，惜无此种闲逸，只赋一绝以了之。兹录于下：

> 此身合似嵇山颓，湖上笛吹知是谁！
> 无那儒冠误诗客，东南孔雀未能飞！

按，放翁非庐江小吏，而既不能令，又不受命，藏藏躲躲，又不可长；待悲剧发生，诗人愧对于情义者何可胜言！庄子云：

"嘉孺子而哀妇人"，尤难言矣。此种历史悲惨，涂脂抹粉饰不但无益，甚且有害的！

诚斋则绝无璧玷。

我们且看号称"集大成"的理学家朱熹的态度：

> 程弟转示所惠书教，如奉谈笑，仰见放怀事外，不以尘垢秕糠累其胸次之超然者，三复欢美，不得已已。……眠食之间，以时自重。更能不以乐天知命之乐而忘与人同忧之忧，毋过于优游，毋决于遁思：则区区者，犹有望于斯世也。（《朱文正公文集》卷三十八：《答杨廷秀》）

让我们来更具体地看看他们之间的文化关系。诚斋《戏跋朱元晦〈楚辞解〉》：

> 注易笺诗解鲁论，一帆径度浴沂天；
> 无端又被湘累唤，去看西川竞渡船。
> 霜后蔾枯无可羹，饥吟长听候虫声；
> 藏神上诉天应泣，又赐江蓠与杜衡。
>
> （卷三十九）

朱熹《戏答杨廷秀问讯〈离骚〉之句》（二首）：

昔诵离骚夜扣船，江湖满地水浮天；

只今拥鼻寒窗底，烂却沙头月一船。

"春到寒汀百草生，马蹄香动楚江声；

不甘强借三峰面，且未灵均作杜衡。

（文集卷九）

他们如此富有情趣地读书，生活也是典型的士人最愉快的读书生活了。我们看不出丝毫的"道学"气味。这是值得注意的事。读书如深入，也很容易发现，并不难明了。

但，他们也有真正的单纯的戏谑：

晦庵与诚斋吟咏甚多，然颇好戏谑。刘约之丞庐陵，过诚斋，语及晦翁足疾；诚斋赠约之诗云云。晦庵后视诗笑曰：我疾犹在足，诚斋疾在口耳。

（《玉屑》一九）

如上所述，我改变主意，但须声明：我对"理学"特别是对爱护文学，并以诗称的朱晦庵并不是看得那岸然道貌的"道学家"，而是实事求是地想到：理学与诗也并不是隔着一堵墙①的。故愿神经衰弱的朋友：不要害怕，我并无意于传道。——从它所具有的违害的一面来说，是应该这样表示的。②

事实是这样的：《鹤林玉露》：

> 杨诚斋立朝，计料自京还家之费，贮以一筐，钥而置之卧所。戒家人不许市一物，恐累归担。曰：若促装者。

---

①为了免除偏重"理学"起见，这里再记一个普通人的事迹，也是关于戏谑的：

"梁溪尤延之，博洽工文，与杨诚斋为金石交。淳熙间，诚斋为秘书监，延之为太常卿。又同于晋宫察采，无日不相从。二公皆喜谑，延之尝曰：'有一经句，请秘监对，曰："杨氏为我。"'诚斋应曰：'尤物移人。'众皆叹其敏确。

"诚斋呼延之为蝤蛑，延之呼诚斋为羊。一日食羊白肠，延之曰：'秘监锦绣肠，亦为人食乎！'诚斋笑吟曰：'有肠可食何须恨，犹胜无肠可食人；'盖蝤蛑无肠。一座大笑。

"厥后闲居，书问往来，延之则曰：'羔儿无恙？'诚斋则曰：'彭越安在？'诚斋寄语云：'文戈却日玉无价，宝气蟠胸金欲流。'亦以蝤蛑戏之也。

"延之先卒，诚斋祭文云：'齐歌楚些，万象为挫。瑰玮谲诡，我唱公和。放浪谐谑，尚及方朔。巧发捷出，公嘲我酢。'"——按，诚斋是一个品格高尚的诗人，而并非东方朔一流人物。

②"晦庵朱子于人多所讥评，少所推许，而于文节公，扬其美。赞其诗章，书翰倡和往来，敬礼而兄事之，尊之可谓至矣，唯独不满其名斋之义。"（元《吴澄文集》节录）

《余冬序录》：

> 韩侂胄当国，欲网罗四方知名士。尝筑南园，属
> 杨诚斋为之记，许以披垣。诚斋曰：'官可弃，记不
> 可作'。韩恚，改命他人。杨卧家十五年，皆韩柄国
> 日也。

这里指的"改命他人"，他人即放翁，《南园记》遂成为一个
小事件。

诚斋的"夫人罗氏，年七十余，每寒月黎明即诣厨，作
粥一釜，遍奴婢。然后，使之服役。其子东山启曰：'天寒何
自苦如是？'夫人曰：'奴婢亦人子也。清晨寒冷，使其腹略
有火气，乃堪服役耳'。东山曰：'夫人老，且贱事，何倒而
逆施乎？'夫人怒曰：'我自乐此，不知寒也！汝为此言，必
不能如吾矣。'"

"东山守吴，夫人尝于郡圃种苎以为衣。时年八十余矣。"
（《鹤林玉露》）诚斋夫人就是如此爱劳力富有同情的老人。

诚斋之子，杨长孺，字伯子，人称东山先生。"守雪时，
秀邸横一州。一日，秀王柚招府公张乐开宴，水陆毕陈，帷幕
数重，列烛如昼。酒半少休，已而复坐，乃知逾两夕矣。归即

自劾云：'赴秀王华宴，荒酒凡两日，愿罚俸三月，以惩不恪。'自是，秀邸不敢复招。"

"一日府促解爬松钗人。公判云：'松毛本是山中草，小人得之以为宝；嗣王促得太吃倒。杨秀才放却又好。'"凡此，素愈琐缀，令人愈信得过，绝非由任何人造谣而来，故均可取。

请看，这就是诚斋一家人。他们的思想感情，乃至"气质"，都倾向于人民，而与官方又分歧。这不但在封建时代里，即在于今日，也应该说是难能可贵的。

张浚对诚斋说过这样话："元符中贵人腰金纡紫者何限？唯邹志完、陈莹中姓名与日月争光！"诚斋闻之，"终身历清直之操。"我们不要忘记张浚是不主屈辱求和的名相。

宋孝宗尝曰："杨万里有性气。"高宗尝曰："杨万里直不中律。"故诚斋自赞曰："禹曰也有性气，舜也直不中律；自有二圣玉音，不烦千秋史笔。"假如这传说属实的话，此种机智几于可比太极拳了！

最后，让我们看诚斋是如何对待他的上司即大官僚的。

"虞允文初除枢密使，偶至陈丞相应求阁子内，见杨诚斋《千虑策》，读一遍曰：'东南乃有此人物！某初除，合荐二人，当以此人为首。'应求导诚斋先，雍公一见握手如旧。诚斋曰：'相公且子细，秀才口头言语岂可深信！'雍公大笑。卒援之登朝。"（《鹤林玉露》）诚斋的答辩简直是谈笑风生了！①

　　①"杨诚斋初欲习宏词科，南轩曰：'此何足习，盍相与趋圣门德行科乎？'诚斋大悟，不复习，作《千虑策》，论词科可罢，曰：'孟献子有友五人，孟子已忘其三。周室去班爵之籍，孟子已不能道其详，孟子亦安能中今之词科哉！'"写《千虑策》的动机如此。其他著述，如《心学论》《庸言》等，大抵皆非空言，而寓有丰富的情思，因之诚斋本来是诗人。

二、传统与创新

　　诚斋有《诚斋易传》专门著述，宜于特别探讨。此外尚有《心学论》，集中包括《六经论》与《圣徒论》，分量也并不小。这些是诚斋接受传统的明证。不过诚斋读书和他作诗一样，非常灵活，他作诗讲"活法"，似乎读诗也同样讲活法；诚斋之接受传统迥不犹人，他绝不陈陈因之地照猫画虎，而是独出心裁地解释传统的典籍、著作和对古人的看法。他在这方面给人们一种示范作用。这样使我们对诚斋深感又钦敬又亲切！这即是诚斋令人可爱敬之处。另一方面，传统经典著作也并不是青面獠牙那么可怕，并不像五毒那么有害；它们在我们面前妥帖地放着、展示着，也并不是一座岩墙。——凡此，在我，都是从诚斋集中摸索而得来的，它们都像古董一样具有实用价值。

　　例如《诚斋易传》，我读之，自觉很有些仿佛当年孔子"晚读易而喜"的光景，此种喜悦又非岭上白云"只可自怡悦"的事物。因之，我虽耽搁了近三十年，我对诚斋其人，不止于是"老人读书如影子"，而正如一位散文大师所唱的那样，"平芜尽处是春山，行人更在春山外"。我于诚斋几于要"望尘莫及"了！

《诚斋易传》二十卷，《四库全书提要》指出：

"是书大旨本程氏，而多引史传以证之。……谓之《程杨易传》。"又："新安陈栎极非之，以为足以耸文士之观瞻，而不足以服穷经士之心。吴澄作《跋》，亦有微词。"又谓：

"然圣人作《易》，本以吉凶悔吝示人事之所从，……舍人事而谈天道，正后儒说《易》之病，未可以引史证经病万里也。"这是一个非常客观、非常公允的判断。大约出于纪晓岚的手笔吧？

"穷经"之士不服是可能的。然而《诚斋易传》却能使大政治家深深服膺。张叔大答胡剑西太史云：

> 《易》所谓困亨者，非以困能亨人。盖处困因而不失其宜，乃可亨耳。弟喜杨诚斋《易传》，座中置一帙，常玩之。
>
> 窃以为六经所载，无非格言；至圣人涉世妙用，全在此书。自起居言动之微、至经纶天下之大，无一

事不有微权妙用，无一事不可至命穷神，乃其妙，即白首不能殚也，即圣人不能尽也。诚得一二，亦可以超世拔俗矣。

兄固深于《易》者，暇时更取一观之，脱去训诂之习，独取昭旷之原，当复有得力处也。（嘉靖卅六年丁巳（一五五七）时张居正年三十三岁）

我们于此，并无意于钻研《易经》。只不过想指出诚斋活用"故纸"，令人耳目一新；不但足能"与古为新"（刘勰语），而且能够使之富有新义。

兹举诚斋论"诗"为例。诚斋云："圣人之道，礼严而诗宽。嗟乎，熟知礼之严为严之宽；诗之宽为宽之严欤？"又云："矫生于愧，愧生于众；愧非议则安，议非众则私；安则不愧其愧，私则反议其议。圣人不使天下不愧其愧，反议其议也，于是举众以议之，举议以愧之。则天下之不善者，不得不愧。愧斯矫，矫斯复，复斯善矣。此诗之教也。——诗果宽乎？耸乎其必讥，而断乎其必不恕也。……

"作非一人，词非一口，则议之者寡耶？夫人之为不善，非不自知也，而自赦也。自赦而后自肆，自赦而天下不赦也，则其肆必收。圣人引天下之众，以议天下善不善，此诗之所以作也。故诗也者，收天下之肆者也。

"今夫人之一身，喧则倦，凛则力；十日之喧，可无一日之凛耶？《易》《礼》《乐》与《书》，喧也。《诗》，凛也。人之情不喜喧而悲凛者，谁耶？不知夫天之作其倦，强其力而寿之也。天下之于《易》《礼》《乐》《书》《诗》，喜其四，愧其一，熟知圣人以至愧之之者，乃所以以至喜喜之欤？"这里，请看，诚斋思致何等谨严，而其灵活何等可喜可爱！

诚斋有《诗话》一卷，仅六十八则，并无佳胜之处。诗稿九集，除最后的《退休集》（庆元二年（一一九六）至开禧元年（一二五〇））则无一不质朴，不事铺张，极可取。诚斋为他人作序，大抵亦如诗话，却多有意味。此种小文，实即是后世小品文字之前身，故昔多有之的。那八篇小序里有诚斋诗学大旨的概括，毋庸细论。但本文所撮录其论《诗》语，并不是要说，这即是诚斋作诗的哲学背景，而只不过为了愿望多明了些诚斋的品格究竟何在；其用心之与众不同；以及诚斋的思想是属于创新的范畴的。自然，一篇短文，探骊得珠是不可能的；这里不过只算是管窥蠡测罢了。

诚斋的言论，可以事实论证，他的情思何等充实而有光辉！举一例说：《庸言》三（卷九十一）有一则：

"杨子曰：国家之败，其败者败之欤？抑亦兴者败之欤？家有范，人有表，范完而表端，罔或亏侧矣。唐太宗谓其子曰：'吾有济世之功，是以纵欲而人不议。然则败唐者，太宗也而非高宗也。'"这是何等深刻的史识！按照上述论《诗》意旨，有议（按，即有美幼刺之刺的发展的进一步或深刻的探索）即有诗，无诗则无议，是十分明显，难容其讳莫如深的。

　　一个在封建社会里，于当时又是现任官吏的诗人竟能如此大胆地斥责罪恶的黑心，他生在我们的这个现代，应该是怎样的一种进步姿态，他将迈出何等坚定的步伐，我以为是完全可以付诸想象的。诚斋喜利用史传，历史也是需要想象力来驾驭的。

　　若然，我的感旧，亦即怀新。

三、诚斋的诗

诚斋《颐庵诗藁序》有云：

> 善诗者去词，……善诗者去意。……曰：去词去
> 意而诗有在矣。
> 至于茶也，人病其苦也；然苦未既，而不胜其
> 甘。——诗亦如是而已矣。

茶味回甘，是为真味；诗入化境，是为真诗（按，"去词、去意"，真是一个卓越的新颖的论断）。我们体会一下就能知道：诚斋确是善于思考问题的人，不单是诗，其他事物亦然。不过此处仅限于谈艺，不暇旁及了。

清徐山民重刊诚斋诗，赵瓯北为作集序，论诚斋争新，在意不在词；往往以俚为雅，以稚为老。——这些意见是很觉简明扼要的。

清查初白《敬业堂诗》《粤游草》上下两卷，均有效诚斋体之作，如《莫洲绝句》（兹不具引）。

按，《诗人玉屑》引诚斋说诗过半，可见自当时至清，诚斋的诗一直为人推重，至清末民初"宋诗运动"起，同光派之巨擘陈石遗始有意识的鼓吹，诚斋诗生新法实则亦并非魔道，我们依旧是可以重新加以珍视，试看对我究竟有无益处的。

我诚斋①，于此不宜做鸟瞰。

假如说前面两小节文字是一个源泉，那么，有泉一线，它潺潺的流逝下去，我也就想沿着一条长的，但倾斜的道路，相机看能否汲取一瓶那清冷的泉水？只要一小瓶，我就满足了。

绍兴三十二年（一一六二）自焚其少作千余篇，表不愿止于学江西派；诗格为之一变。始存稿，有《江湖集》。时诚斋三十六岁。是年秋，离零陵（丞）任。

第一个相知张功甫（镃）说："目前言句知多少，罕有先生活法诗。""活法"说，可以说一开始就成为铁案了。功甫又云："笔端有口古来稀"，也是极有分量的见地。但是，有一点从宋代就开始的怀疑诗的功用的意见，功甫亦云："霜鬓

---

① 原稿如此，疑应为"我写诚斋"。——编者注

未闻登翰苑，缓公高步或因诗。"（俱见《南湖集》）这也可反证诚诗[①]爱诗成癖，大致是不会错的。但诚斋既能割爱"焚其少作千余篇"，则他的多"变"想来一定是进境的故知，认为诚斋是天生的诗人，是无意思的。宋周益公业说诚斋是"笔端有口，句中有眼"，然而这是"五十年之间岁锻月炼，朝思夕维，然后大悟大彻"的（见《题跋》）。清祁寯藻《吉水怀杨文节》有句云："同乡亦有平园叟，不荐诗人孟浩然！"此种感慨是廉价的同情，是不必认真的。

还是让我们潜心地来读诚斋九集，最为相宜。

《江湖集》八卷，共计十二年稿，诚斋卅六至五一岁时作。卷一有一首《癸未上元后永州夜饮赵敦礼竹亭闻蛙醉吟》，句云：

> 只作蛙听故自佳，何须更作鼓吹想？

像这样的诗，与其说是翻案之作，勿宁是"匡谬正俗"更为适当。蛙鸣，自然给人以静净的鸣声，而"鼓吹"则在人事中喧阗得很！——

这一节故事，有"谈何容易"（东方朔语）之致，值得具

---

①原稿如此，疑"诚诗"为"诚斋"之误。——编者注

体地追述一下：

> 孔稚珪风韵清疏，不乐事务；门庭之内，草莱不
> 剪，中有蛙鸣。或问曰："欲为陈蕃乎？"珪笑曰：
> "我以此当两部鼓，何必期效仲举？"
>
> 王晏尝鸣笳造之，闻群蛙鸣，曰："此殊聒人
> 耳！"珪曰："我听鼓吹，殆不及此。"晏惭之！
>
> （《孔稚珪传》）

这里有点像现在常说的前后矛盾吧？不然，实则是随机应变，
正复是情思丰富的表现。总之，蛙鸣是好听的，于一湾碧池
里，听雨后鸣蛙，确实胜似听琴。这也是我们的大传统里的小
小珠玉般的诗情。

在《江湖集》里佳胜之作不算多。但如《罗丞零陵，忽伤
病寒；谒医两旬，如负担者，日远日重！改谒唐医公亮，九日
而无病矣。谢以长句》：

> 料病如料敌，用药如中的；
> 淮阴百战有百胜，由基百发无一失！

老唐脉法明更高，阅人二竖何得逃！

探囊起死无德色，掉臂不为曳裾客。

但使乡邻少卧疴，眼底名医麻竹多。

嗟予诗瘦仍多病，两旬进尺退不寸。

逢君已晚亦未晚，扫除何曾费余刃。

长句藉手聊尔耳，真成不直一杯水！

上面所录一诗，在诚斋自非代表作，然而我们却不难看出：诚斋不单是善笑的诗人，就在写自己的私生活的诗中，他的品格真正称得起"充实之谓美""充实而有光辉之谓大"，至少也要比"二之中、四之下"要更高一等级。昔贤以为"老杜似孟子"，我们似乎说诚斋有些像孟子，也未为不可吧？

就是从诚斋诗格以"痛快"著称（姜白石）[1]，不是就与孟子颇觉相似吗？孔子自然很是明智，深沉，但较诸孟子，总似乎有那么一点别扭似的，你只要看《乡党》一章出现那么多的否定词"不"，就清楚得很了。自然，我绝无意于说孔不及孟，只是想到孟子那句儒家思想之光的文章，感人之深，确实

---

[1] 认为诚斋诗的痛快风格，还有哲人陆九渊，有《和杨廷秀送行》：七八云："君诗正似清风快，及我征帆故起苹！"（《象山全集》二五）

令人起敬，像一株树，就移植于诚斋的窗前了。

在《江湖集》里，有一首诗纯粹是政治诗，即卷末的《读罪己诏》（时有符离之溃）共三首，其中一首云："莫读轮台诏，令人泪点垂！""何罪良家子，知他大将谁！"第二首有云："乱起胡烽日……群公莫自贤。"第三首录如下：

> 只道六朝窄，渠犹数百春。
> 国家祖宗泽，天地发生仁。
> 历服端传远，君王但侧身。
> 楚人要能惧，周命正维新。

按，符离之溃是一件极重大的事件，自此南宋政治一蹶不振。但"罪己诏"并非"哀痛诏"，真正深感哀痛的是论罪的张浚，并波及他的忠实的门徒诚斋，所以他写了这三首政治诗。大将指自幼即号称"奇男子"的李显宗和邵宏渊，他们太看重私憾，以致反胜为败！是年诚斋年三十七岁。然而这三首诗置诸卷末，也许是认为这样更为显著，也未可知。

从《读罪己诏》的结穴看，诚斋依旧是乐观的，从当时的主战派来说，他并非一个失败主义者。

四、"活法"与生新

淳熙元年（一一七四），诚斋被命出知漳州。编诗有《荆溪集》《西归集》。

按，《荆溪集》（共五卷）中诗，诚斋五十七八岁时所作，间有五十九岁作。

诚斋诗以精妙、妙悟著称，他善于写生，其灵敏处有若现代摄影术中"抓"拍手法。[①]——这应是一个比"活法"更易于使人明了的解说，诚斋手疾眼快，写得那么妙趣横生，这里不妨列举写生诗若干首如下：

---

①诚斋的"活法"，或即"生新"，都是诗论家的话。哲人便另有看法，即如张魏公，看到诚斋"梅子留酸"一首七绝，喜曰："廷秀胸襟透脱矣！"此种赞叹，恐怕与当以禅说诗并无关系，但"透脱"一词却比"活法""生新"都要好，是完全可以借重来应用的。

《过招贤渡》（四首录一）

予昔岁归舟经此，水涸舟胶，旅情甚恶。

岸上行人莫叹劳，长年三老政呼号。

也知滩恶船难上，仰蹈桅竿卧着篙。

《舟过吴江》三首录一

江湖便是老生涯，佳处何妨且泊家。

自汲松江桥下水，垂虹亭上试新茶。

《七月十四日雨后荷桥上纳凉》

荷叶迎风听，荷花过雨看。

移床桥上坐，堕我镜中寒。

《暮立荷桥》

欲问红蕖几苍开，忽惊浴罢夕阳催。

也知今夕来差晚，犹胜穷忙不到来。

《梅花》

花早春何力，香寒晓尽吹；

月摇横水影，雪带入瓶枝。

《梅残》

雪已都消去，梅能小住无？

雀争飞落片，蜂猎未蔫①须。

《净远亭午望》（二首录一）

城外春光染远山，池中嫩水涨微澜。

回身小却深檐里，野鸭双浮欲近栏。

《静坐池亭》（二首录一）

胡床倦坐起凭栏，人正忙时我正闲。

却是闲中有忙处，看书才了又看山。

《雨中懒困》

城头欲上苦新泥，暖气薰人软欲痴。

睡又不成行不是，强来看打洛神碑。

《水纹》（二首）

池面炎风起，烟痕一拂微；

无形还有影，掠水去如飞。（其一）

---

①蔫音nian，今仍为口语：花果失去水分而萎缩。

初看眉头皱，还成簟面斑。

小风来不住，织遍一池间。（其二）

《晚风寒林》（二首）

已是霜林叶烂红，那禁动地晚来风；

寒鸦可是矜渠黠，踏折枯梢不堕风。（其一）

树无一叶万梢枯，活底秋江水墨图。

幸自寒林俱淡笔，却将浓墨点栖鸟。（其二）

《晴望》

愁于望处一时销，山亦霜前分外高；

枸杞一丛浑落尽，只残红乳似樱桃。

《戏题水墨山水屏》

棹郎大似半边蝇，摘蕙为船折草撑；

今夜不知何处泊，浪头正与岭头平。

《郡圃残雪》（三首录一）

城外城中雪半开，远峰依旧玉崔嵬；

池冰绽处才如线，便有鸳鸯浮过来。

《正月将晦繁星满天》

兔冷蟾寒不出时，群仙无睡尚游嬉；

可怜深夜无灯火，碧玉枰前暗着棋。

按，上面这些诗，像《晚风寒林》《晴望》，几乎是彩色摄影了。尤其是前者，从美术的角度看，它还要算画家望而生畏的寒荒景色，诚斋却为我们做出最精妙的涂鸦！

然而，诚斋并不专以妙趣、逗乐取胜。他有那种很有"正味"的诗，如：

《六月喜雨》（三首录一）

今年不是雨来悭，不后秧时亦不前；

自古浙西长苦涝，近来无涝恰三年。

《秋怀》

随分哦诗足散愁，老怀何用更宜搜；

聿来胥宇蚁移穴，无以为家燕入秋。

盖世功名吹剑首，平生忧患浙矛头。

从今归去便归去，未到无颜见白鸥。

《秋怀》末句，可谓不俗。——

　　说到俗，令人想到"元轻白俗"。《荆溪集》十一中有一首：

　　　　《读元、白〈长庆〉二集诗》
　　　　读遍元诗与白诗，一生白傅重微之；
　　　　再三不晓渠何意，半是交情半是私！

这是纯然的斥责。诚斋尝说"半山便遣能参透，犹有唐人诗一关。"似乎唐人一关，并不易参透。微之诗亦有极质朴不可及之作，例如《放言》

　　　　他时埋我烧缸地，卖人与家得酒盛。

看似随意写来，实则难能可贵，诗写得深至至，绝非乱喊"啊啊……"强赋愁情者所能企及的！

　　至于"交情"，倒如唐之韩、孟，宋之欧、梅，即如到了南宋，我们不是也常称道杨、陆，即诚斋自己不是也有"云龙上下随"的比拟吗？故知费心如诚斋时或不免狭隘。但这是不能己于言者。

此一章，我们欣赏诚斋的犀利的观察，他的眼界、心思殊非一般诗人能媲。自然，也很有些浅率急就之章。不过诚斋之精妙入微，却并不流于小巧，而时或是开阔的。兹举一例以明之：

《太平寺壁　郡人徐友画清济贯河》
太平古寺劫灰余，夕阳惟照一塔孤。
得得来看还不乐，竹茎荒处破殿虚。
偶逢老僧听僧话，道是壁间留古画；
徐生绝笔今百年，祖师相傅妙天下！
壁如雪色一丈许，徐生画水才盈堵；
横看侧看只么是，分明是画不是水。
中有清济一线波，横贯浊浪之黄河；
雷奔电卷尽渠猛，独清元自不随他。
波痕尽处忽掀怒，揽动一河秋色暮；
分明是水不是画，老眼向来元自误！
佛庐化作金拖楼，银山雪堆风打头；
是身飘然在中流，夺得太一莲叶舟；
僧言此画难再觅，官归江西却相忆；
并州剪刀剪不得，鹅溪疋绢官莫惜，——

貌取秋涛悬坐侧。

如果只限小巧，是难以如此放笔为真干的。

应该开始注意到诚斋与范石湖的关系了。

当时诗坛，有"尤萧范陆"的美称，后改"尤杨范陆"，其中杨、范、陆，不但齐名，而且私人友谊甚好；《石湖集》的一部分诗，放翁为之序，即《西征小集序》。但，石湖集序是石湖要诚斋写的，"吾集不以为序篇，有序篇非序篇，宁无序篇也。今四海文字之友，唯江西杨诚斋与吾好，且我知微斯人畴可以属斯事，小子识之。"这是石湖嘱告其子莘的话。诚斋说："今忍死丁宁之讬，其何敢辞。"这是何等的郑重，虽然只不是①一片序文。

诚斋有《寄题石湖先生范至能参政石湖精舍》：

> 万顷平湖石琢成。尚存越垒对吴城；如何豪杰干戈地，却入先生杖履声。古往今来真一梦，湖光月色自双清；东风不解谈兴废，只有年年春草生。
>
> 不关白眼视青云，四海如今几若人？渭水传岩看

---

① 原稿如此，疑"只不"后脱漏"过"字。——编者注

后代，东坡太白即前身。整齐宇宙徐挥手，点缀湖山别是春。解遣双鱼传七字，遥知掉脱小乌巾。

范石湖有《次韵同年杨廷秀使君寄题石湖》：

仪凤当瑞九韶成，何事栖鸢滞碧城。公退萧然真吏隐，文名藉甚更诗声。句从月胁天心得，笔与冰瓯雪碗清。书到石湖春亦到，平堤梅影縠纹生。

半世轻随出岫云，如今归作卧云人。小山有赋招游子，大块无私佚老身；禅版梦中千嶂晓，纩丝风里万花春。新年社瓮鹅黄满，胜醉田头紫领巾。

（诗集卷二十）

请看石湖对诚斋诗的赞美，确实不但是由衷之言，因为它十分肯綮。连类及之，清袁枚的见地，在这一点上，也并不错："诗有音节清脆，如雪竹水丝，非人间凡响，皆由天性使然，非关学问：在唐则青莲一人，而温飞卿继之，宋有杨诚斋，元有萨天锡，明有高青丘，本朝继之者，其唯皇莘田乎？"（《诗话》卷九）

五、"诗近田野"

上面说到诚斋的诗"非人间凡响",然而诚斋野客的诗中风光极为浓至,令人深感另一个幽默诗人的话:"文近庙廊,诗近田野",几乎可以视为真理了。兹举例来看:

> 《李与贤来访,自言所居幽胜,甚似剡溪。因以
> "似剡"名其庵,出闲居五咏,因次其韵》(录一)
> 漫浪江湖天一方,故人不见两三霜;
> 对床说尽平生话,黄叶声中秋夜长。
>
> 《道旁小憩观物化》
> 蝴蝶新生未解飞,须拳粉湿睡花枝;
> 后来借得风光力,不记如痴似醉时。

这里的"风光"正是自然的别解。一般人要"复行返自然"并

非易事，而敏感的诗人应该是具有此种羽翼的。风光有险阻也
不怕：

《四月一日三衢阻雨》（二首）
无朝无夕雨翻盆，村北村南水接天；
断却市桥君莫笑，前头野渡更无船。（其一）
小诗苦雨当云笺，寄似南风一问天；
漏得银河乾见底，却将什么作丰年。（其二）

《西斋睡起》
小睡西斋听雨凉，竹鸡声里梦难长。
开门山色都争入，只放青苍一册方。

《松声》
哦诗口角恰微鸣，唤得风从月胁生。
端为先生醒醉耳，绕山搜出万松声。

《试蜀中梁杲桐烟墨书玉板纸》
木犀煮泉漱寒齿，残滴更将添砚水；
子规乡里桐花烟，浣花溪头琼叶纸。

先生老去怯苦吟，琢无肝肺呕无心。

芙蓉在左木犀右，漫与七言真藉手；

秋光一点入骨清，有笔如椽描不就，

先生不瘦教难瘦？

这些珍重"风光"的诗充满了"人间烟火"气息，——不过诚如青莲居士所吟的，这"人间烟火"乃是：

人烟寒橘柚，秋色老梧桐。

故我们须另眼看待了。

试再从反面来看：

《秋蝇》

秋蝇知我政哦诗，得得缘眉复入诗[①]；

欲打群飞还歇去，风光乞与几多时。

诚斋也有并不"以俚为雅"者，即使说，"雅"自雅，"俚"

---

①"诗"或应为"髭"。——编者注

自俚，皆是好诗。例如"雅"者：

　　　《寄题萧邦怀少芳园》
　　　群莺乱飞春昼长，极目千里春草香。
　　　幽人自煮蟹眼汤，茶瓯影里见山光。
　　　欣然药圃聊步屧，戏随蜜蜂与蝴蝶；
　　　杨花糁迳白于雪，桃花夹迳红于缬。

再如"俚"者：

　　　《插秧歌》
　　　田夫抛秧田妇接，小儿拔秧大儿插；
　　　笠是兜鍪蓑是甲，雨从头上湿到胛。
　　　唤渠朝餐歇半霎，低头折腰只不答。
　　　秧根未牢莳未匝，照管鹅儿与雏鸭。

写农村中人的沉默，行动，一种愉快的劳动，实实在在地把自然"风光"写活了！而诚斋野客的诗也确实是"活泼泼地人难及"也。

《江山道中蚕麦大熟》（三首）

衢信中央两尽头，蚕麰今岁十分收；

穗初黄后枝无绿，不但麦秋桑亦秋。（其一）

黄云割露几肩归，紫玉炊香一饭肥；

却破麦田秧晚稻，未散水牯卧斜晖。（其二）

新晴户户有欢颜，晒茧摊丝立地干。

却遣缫车声独怨，今年不及去年闲。（其三）

我们读了这类诗，即便说这是愉快的劳动，——如果说这是农民对自然的亲切感受，我认为也不为过。

下面让我们再读两首较长的诗，看看诚斋是怎样把自己镕入自然里面去的，换一句话说：我们看一位真正罕见的幽默诗人是怎样体会着我们这号称"烟水国"的万有的，他真不愧为"诚斋野客"。

但，请容许我先引一首别人的诗，见《浪语集》：

《行戍西山徒步抵寒溪寺》

薛季宣

杖履竹林游，陟降西山道；

匆匆不是闲，倍觉寒溪好！

漂鱼戏凭灵，注水喧幽草；

埋荒古人迹，树代庭如扫。

桴鼓又相闻，我心为之懆！

　　如"懆"字，显为险韵，我们读诗时，知道"忧心懆懆"，懆不是燥，也并非躁。然而，即使在游览或行旅之间，我们就失掉了热情，这是很难想象的。在山水清音里"忧心懆懆"，正是"人间烟火"，没有它，诗人欲作诗是无能为役的。让我们看看诚斋作诗，是如何地持有一种悲观的乐观主义的吧：

《四月十三日度鄱阳湖》

湖心一山曰康郎山，其状如蛭，浮水上。

泊舟鄱阳湖，风雨至夜半；

求济敢自必，苟安固所愿。

孤愁知无益，暂忍复永叹。

夜久忽自睡，倦极不知旦。

舟人呼我起，顺风不容缓；

半篙已湖心，一叶恰镜面。

仰见云衣开，侧视帆腹满。

天如琉璃钟，下覆水晶碗。

波光金汁泻，日影银柱贯。

康山杯中蛭，庐阜帆前幔。

谺然地无蒂，渺若海不岸。

是身若空虚，御气游汗漫；

初忧触危涛，不意拾奇观。

近岁六暄凉，此水三往返。

未涉每不宁，既济辄复玩。

游倦当自归，非为猿鹤怨。

在诚斋野客手下，无往而非诗，而且无不富有情趣。

再举一例。我记得有这样二句诗："夜深童子唤不醒，猛虎一声山月高"，平常我们也说"虎啸猿啼"。然而，请看诚斋的游览之作如何的不同凡响吧：

《纪罗杨二子游南岭石人峰》
吾弟廷弼与罗惠卿游石人峰，几为虎所得！尝为
予道及其事，因作长句纪之。
二子同游石人峰，深行翠筱黄茅中；
初嫌微径无人踪，行到半岭径亦穷。

来时犹自闻鸡犬，且行且语不觉远；

上头无梯下无岸，前头难攀后难返。

黄茅翠筱深复深，忽有笛声出暗林。

草根一把牛骨骼，血点溅地惊人心！

二子相看面无色，疾趋山后空王宅，

野僧闻此叫绝天，拊破禅床推倒壁！

荒山岂有吹笛声，乃是卧虎鼻息鸣！

二子归来向侬说，犹道兹游最清绝。

兹游清绝岂不佳，二子性命如泥沙！

右诗①写睡虎鼾声如笛吹，可谓奇绝！

这诗在当时即是一首名诗。我们不妨抄录一篇"后台的喝彩"式的文章，它是有名的"三老图"（石湖、诚斋）中的一老周平园的题跋。周益公实有资格写此类评论文者。见《益公题跋》卷四：

　　韩子苍赠赵伯鱼诗云："学诗当如初学禅，未悟且遍参诸方，一朝悟罢正法眼，信手拈出皆成章。"

---

①　"右诗"即"上诗"之意，因原文是竖行书写，自右至左。——编者注

盖欲以斯道淑诸人也。

今时士子见诚斋大篇短章，七步而成，一字不改，皆扫千军、倒三峡、穿天心、透月胁之语。至于状物姿态，写人情意，则铺叙纤悉，曲尽其妙；遂谓天生辩才，得大自在；是固然矣。抑未知公由志学至从心；上规赓载之歌，刻意风雅颂之什，下逮左氏、庄骚、秦、汉、魏、南北朝、隋唐以来及本朝，凡名人杰作，无不推求其词源，择用其句法；五六十年间，岁锻月炼，朝思夕维，然后大悟大彻；笔端有口，句中有眼；夫岂一日之功哉？

吉水罗惠卿之子旦，示公'石人峰'长韵，读之如身履羊肠，耳闻①寅，心胆震悸，毛发森竦，诗能动人，至是耶？

予惧夫不善学者，欲以三年刻楮叶之巧，而晞秋花发杜鹃之神；望公将坛，竭蹶趋之，非但失步邯郸，且将下坠千仞；故历叙公真积力久，乃悟入门，证子苍之知言。庆元庚申十一月辛巳，平园老叟周某，书于华隐楼。（跋杨廷秀"石人峰"长篇）

———————————

①此处原稿阙一字。——编者注

六、爱重古人

淳熙六年，诚斋提举广东常平茶监，他做了一件与人民为敌的事，曾率兵镇压"盗"、《沈师》，并因之升任广东提点刑狱。九年七月丁母忧去任。这期间，编诗，有《南海集》。

诚斋以俚稚为能，时或浅率，都是事实。但，诚斋情思丰富、深细，亦有写晦涩，不易读者，殊不可忽视。我举《宿范氏庄四首》，像这样的诗，黝黝芄芄，想要一眼看到底，不经过动动脑子的诵雒，是难以通懂的。录诗如下：

《正月三日宿范氏庄》（四首）
开岁又涉三，我征良未休；
沙行地一平，百里纵遐眄：
景穆物自欣，碛迥情反愁。
中田缅云庄，聊复税我鞊，
追程有底急？行急能至不？

三峰从何来，骏奔若鸣驺。

当户不忍去，徘徊为人留；

对之成四友，呼酒与献酬。

我醉山自醒，相忘却相求。（其一）

野践得幽咏，不吐聊自味；

健步忽传呼，云有远书至；

开缄祗暄凉，此外无一事。

奇怀坐消泯，追省宁复计；

方欢遽成闷，俗物真败意！

山鹊下虚庭，对语含喜气；

一笑起振衣，吾心本无滞。（其二）

酒名忘忧物，未尽酒所长；

醉后忘我身，安得忧可忘？

我饮初不多，不可无一觞；

平生难为酒，甘醴断不尝。

要与水争色，仍复菊敌香。

气盎春午花，味凛秋旭霜。

三杯合自然，一滴诣醉乡；

竭来困行役，名酒安可尝？
甘淡俱不择，芳冽那得将？
酒味何必佳？一醉径投床；
但令有可饮，不醉亦何妨。（其三）

山历愁寡天，沙征恨多地；
两日行海滨，虽近弥不至。
遐瞻道旁堠，我进渠秖退。
大风来无隔，午燠皎安避？
今夕范氏庄，初觌三峰翠；
愈远故绝瑕，不多始足贵。
巉然半丸出，蹙若一拳细；
轻霏淡晚秀，颓照花春媚。
玩久有余佳，绘苦未必似。
今夕勿掩扉，月中对山睡。（其四）

这样的诗，像一面晦暗的、但是温和的镜，我们也不妨名之曰富有哲理的诗吧？在一般的抒情为主的诗人手中是写不出来的。

我们不能无原则地一概地反对晦涩的诗；要想懂诗，须是学诗，要诗人调和某一种口味，而写出诗来只不过是为了供你享受，——有此种要求的人，我以为应该首先学做人的道理："行己有耻"。这要包括满足那种享受要求的作诗人在内。

对南海，诚斋何以自处呢？请读这首六言绝句：

《宴客夜归》（六言）
月落荔枝梢上，人行茉莉花间；
但觉胸吞碧海，不知身落南蛮。

但诚斋并不可能永远是海阔天空的，他也有此身无着处，不得其所的、某种不安的无可奈何的时刻。

《新晴西园散步》（四首录一）
厌见山居要出来，出来厌了却思回；
人生毕竟如何是，且看桃花晚荟开。

对于升官（提点刑狱）事，诚斋有一首诗很耐人寻味：

《平贼班师明发潮州》
不是潢池赤白囊，何缘杖屦到潮阳；

官军已扫狐兔窟，归路莫孤山水乡；

便去罗浮参玉局，更登浴日折扶桑。

还家儿女搜行李，满袖云烟雪月香！

末一联绝非掩饰，如要掩饰，诗题便不会那么明显地提及这一次不光彩的事了。十分有趣的是：我们的善良的诗人的"浩然之气"，似乎并未遭到多大损伤，这在一个平常的官吏来说，那样面对灯前的亲儿女，也并不致是厚颜吧？

南海之行，整体地看来，依旧以行旅和题咏诸作为主，诚斋的诗并未受到污染。对于南海之行，我们试看别人的客观观感如何？

《杨廷秀寄〈南海集〉》

陆　游

俗子与人隔尘俗，何曾相逢风马牛？

夜读杨卿南海句，始知天下有高流。（其一）

飞卿数阕峤南曲，不许刘郎夸竹枝！

四百年来无复继，如今始有此翁诗。(其二)

《题杨诚斋〈南海集〉二首》

袁说友

君侯大雅姿，万态归物色；

商略南海句，以心不以迹。

试吐胸中奇，如臂指运力。

今推王扬贤，童子漫雕刻。（其一）

诗以变成雅，骚以变达意；

变其权者徒，中有至当义。

水清石自见，变定道乃契。

文章岂无底，过此恐少味。（其二）

（《东塘集》卷一）

诚斋于此行所有诗作里仍以行旅以及观感为多：

《庚子正月五日晓过大皋渡二绝》（录一）

雾外江山看不真，只凭鸡犬认前村；

渡船满板霜如雪，印我青鞋第一痕。

《明发海智寺遇雨二首》

枉教一月费春风，不及朝来细雨功；

草色染来蓝样翠，桃花洗得肉般红。（其一）

可惜新年雨未多，不妨剩与决天河。

农人皱得眉头破，无水种秧君奈何！（其二）

《蜑户》

天公分付水生涯，从小教他踏浪花；

煮蟹当粮那识米，缉蕉为布不需纱。

夜来春涨吞沙觜，急遣儿童斸荻芽；

自笑平生老行路，银山堆里正浮家。

《峡中得风挂帆》

楼船上水不寸步，两山惨惨愁将暮；

一声霹雳天欲雨，隔江草树忽起舞；

风从海南天外来，怒吹峡山山倒开。

百夫绝叫椎大鼓，一夫飞上千尺桅；

布帆挂了却袖手，坐看水上鹅毛走。

《夜泊鸥矶》

峡中尽日没人烟，船泊鸥矶也有村。

已被子规酸骨死，今宵第一莫鸣猿。

《题钟家村石崖二首》（录一）

水仙高崖有底冤，相逢不得正相喧；
若教渔父头无笠，只着蓑衣便是猿！

《真阳峡》

清远虽佳未足观，真阳佳绝冠南蛮；
一泉岭背悬崖出，乱洒江边怪石间。
来岸对排双玉笋，此峰外面万青山；
险艰去处多奇观，自古何人爱险艰？

《岭云》

好山幸自绿巉巉，须把轻云护浅岚；
天女似怜山骨瘦，为缝雾縠作春衫。

《明发泷头》

黑甜偏至五更浓，强起侵星敢小慵；
输与山云能样懒，日高犹宿夜来峰。

《汤田早行见李花甚盛》（二首）

此地先春信，年年只是梅；

南中春更早，腊月李花开。（其一）

似妒梅花早，同时斗雪肤；

新年二三月，还解再开无？（其二）

《道旁草木》（二首录一）

古树何年涧底生，只今已与岭般平；

千梢万叶无重数，一一分开作雨声。

抄诗至此，我感到诚斋真是一个"道旁子"。但，像别的诗人所说的："折得垂杨作马鞭"，似乎都是多余的，走马观花式妨碍诚斋的步伐之间的情思的。地大的中国走不尽，诚斋的诗作不完。我们这里却须告一段落了。

且看诚斋如何"不薄古人"：

唐子西集载谢固为绵州推官，推官之廨，欧阳文忠公生焉。谢作六一堂，求子西赋诗云："即彼生处所，馆之与周旋。"予谓此非子西得意句也。辄拟而赋之。

一代今文伯，三巴昔产贤；

白珩光宇宙，蓝水暗风烟。

有客曾高枕，外堂见老仙；

梦中五色笔，犹为写鸣蝉。

尤其是对东坡，人杰地灵，诚斋在《南海集》中得到他的重视。

《小泊英州》（二首录一）

数家草草岁无多，跖水飞鸢也不过；

道是荒城斗来大，向来此地著东坡。

《惠州丰湖亦名西湖》（二首）

左瞰丰湖右瞰江，五峰出没水中央；

峰头寺寺楼楼月，清杀东坡锦绣肠。

三处西湖一色秋，钱塘颖水更罗浮；

东坡元是西湖长，不到罗浮便得休。

最后，这一首较长篇的七言诗，临末提及书法，可以想见钦羡
之感；特别是结尾的"嘉祐破寺风飔飔"，写出古今的寂寞，
"此中有真意"，于今人触摸得到，诚斋诗笔可谓力透纸背！录
全诗如下：

《七月十二游东坡白鹤峰故居其北思无邪斋真迹
犹存》

诗人自古例迁商，苏李夜郎并惠州。

人言造物因嘲弄，故遣各捉一处囚。

不知天公爱佳句，曲与诗人为地头。

诗人眼底高四海，万象不足供诗愁。

帝将湖海赐汤沐，董董可以当冥搜。

却令玉堂挥翰手，为提椽笔判罗浮；

罗浮山色浓浓黛，丰湖水光先得秋。

东坡日与群仙游，朝发昆阆夕不周。

云冠霞佩照宇宙，金章玉句鸣天球。

但登诗坛将骚雅，底用蚁穴封王侯！

元符诸贤下石者，秖与千载掩鼻羞。

我来剥啄王粲宅，鹤峰无恙空江流。

安知先生百岁后，不来弄月白苹洲。

无人挽住乞一句，犹道雪乳冰湍不？

当年醉里题壁处，六丁已遣雷电收。

独遗无邪四个字，鸾飘凤泊蟠银钩！

如今亦无合江楼，嘉佑破寺风飕飕。

七、"不薄今人"

    诚斋于淳熙九年，以丁母忧去任，十一年冬初服满，召还杭州为吏部员外郎。次年升郎中。又次年以枢密院检详官兼太子侍读，历尚书右司郎中，迁左司郎中，兼侍读如故。宰相王淮问为相之道，答以人才为先，即举朱熹、袁枢等六十人，——这即是《荐士录》的来源。这是一部了解诚斋于诗外"不薄今人"的切实的证件。十四年夏，旱，应诏上书，迁秘书少监。高宗卒，以力争张浚当配享庙祀，又指洪迈不佥集议，其专断无异"指鹿为马"（孝宗有似秦二世），因出知筠州。有《朝天集》《江西道院集》。其背景则仍是抗敌、主降两派之争，非"礼"的门户之见。又，十六年，光宗受禅，召为秘书监。绍熙改元，借焕章阁学士，为全国贺正旦接伴使。

    又，孝宗还生气地说诚斋，"他在策文里比我为晋元帝，甚道理？"（见《贵耳录》，亦转引自周汝昌《万里选集引言》）出为江东转运副史，有《续朝天集》）

朝议行铁钱于江南诸郡，诚斋疏其不便，不奉诏，忤宰相；改知赣州不赴，乞祠发而得。有诗曰《江东集》。时诚斋已六十六岁。

《荐士录》之外，"尤萧范陆"，四家斋名，原系出自诚斋之手，后人以杨易萧，其中杨陆并称，是诗史上的定论或习惯称自然的相提并论的诗人。此外，诚斋有《进退格寄张功甫姜尧章》：

> 尤萧范陆四诗翁，此后谁当第一功？
> 新拜南湖为上将，更推白石作先锋。
> 可怜公等俱痴绝，不见词人到老穷！
> 谢遣管城侬已晚，酒泉端欲乞移封。

白石以诗法入词，故词不及诗，诚斋于此并无阿人所好的嫌疑。

诚斋不但在诗坛上点将，而且，似乎他还出人意料之外地发现了儿童，这一点倒是应该首先来赞美的了！诚斋有一首绝句（《梅子留酸》），张紫岩（浚）看了，喜曰："诚斋胸襟透脱矣！"除了使我们领略到宋儒的"理学"与诗并不见得是矛与盾的关系，它们还相互地似乎"偶与前山通"吧？此外，这首传诵的小诗还告诉我们一个好消息：诚斋发现了儿童生活的美："闲看儿童捉柳花"；他浇花，浇洒蕉叶，"儿童误认两声来！"这是何等的有情趣！①

中国一向对于儿童的一切不闻不问，即如诗文中，试问除了左思《娇女》，玉谿《骄儿》两诗外，我们还能举出什么作品来呢？自然这《娇》《骄》二诗写得都并不坏，内容相当丰富、灵活，然而，一部如此厚重的诗史就只有两首儿童诗，未免令人齿冷吧？

笔者也曾探险般地"踏破铁鞋"，寻寻觅觅，还好，我的运道总算不错，居然有几首有关儿童的诗扑人眉宇而来：这即是《春雨斋集》五：

---

①写儿童的诗，鄙见只是说诚斋发现、重视了儿童，而儿童生活自然还是相当单调的；不过，这已经很难能可贵了：
《宿新市徐公店》（二首录一）
篱落疏疏一径深，树头花落未成阴。
儿童急走追黄蝶，飞入花来无处寻！
《桑茶坑道中》（八首录一）
晴明风日雨乾时，草满花堤水满溪；
童子柳阴眠正着，一牛吃过柳阴西。

《小儿何所爱》

余未言时，颇知人教指，梦人授五色笔，上有花
如菡萏者。当五六岁，有作，未能书，往往不复
记忆。此由从祖渊静先生戏命赋，成诗颇传诵。
不忍弃置，因识于此。聪明不及于前时，道德日
负于初心；益见韩子之言为信，

小儿何所爱？爱此芝兰室，

更欲附龙飞，上天看红日。（其一）

人道日在天，我道日在心；

不省鸡鸣时，泠然钟磬音。（其二）

小儿何所梦？夜梦笔生花；

花根在何处？丹府是吾家。（其三）

圣人有六经，天地有日月；

日月万古存，六经终不灭。（其四）

这是解春雨儿时所作吗？其小引中弄虚作假，明显的是自欺欺
人！我既未入宝山，自然要空手而归了。这里也有一点好处，
即作为反面材料看，对我们也许是一点刺激也未可知？

　　诚斋别有《幼圃》诗，小序云：

蒲桥寓居，庭有刳方而实以土者。小孙子艺花窠
菜本其中，戏名幼圃

寓舍中庭岁半弓，燕泥为圃石为墉；
瑞香萱草一两本，葱叶薤苗三四丛。
稚子落成小金吾，蜗牛卜筑别珠宫；
也思日涉随儿戏，一径唯看蚁得通。

按，如果人失掉了"赤子之心"或童心，他是不会对儿童
学种蔬如此重视并写成诗的。诗结穴处，以蚁作为特写，此种
儿童心理是值得吟味的。

仍回过头来，读诗人们的心声。陆放翁云："文章有定
价，议论有至公；我不如诚斋，此评天下同。……"诚斋不这
样想，他又《云龙歌调陆务观》，在诚斋的想象里，他们的关
系好比"云龙上下随"……

在理解方面，诚斋自更加好了，他真能做到说诗解颐、入
微入妙的地步。放翁诗：

《夜坐闻湖中渔歌》
少年嗜书谒目力，老去观书涩如棘。
短檠油尽固自佳，坐守一窗如漆黑。

渔歌袅袅起三更，哀而不怨非凡声。

明星已高声未已，疑是湖中隐君子。

《题庵壁》

万里东归白发翁，闭门不复与人通；

绿樽浮蚁狂犹在，黄纸栖鸦梦已空。

薄技徒劳真刻楮，浮生随处是飞蓬。

湖边吹笛非凡士，傥肯相从寂寞中？

〔自注：每风月佳夕，辄有笛声起湖之西南，莫
知何人，意其隐者也〕

这一位吹笛的湖中隐士，放翁诗中屡见不一见。他究竟是谁
呢，值得放翁如此怀念萦心？谁也不知道。

然而，中国唯一的幽默诗人，同时又"于道学有分"的诗
人却委婉地告诉了我们：

近尝于益公许，窥一二新作。邢尹不可相见，
既见不自知其味也。独其向有使人怏怏之无奈者，
如"湖中有一士，无人知姓名，"又如"寄湖中隐
者"是也。

斯人也，何人也？谓不可见，则有欲拜某床下者；谓不可闻，则由闻其长啸吹笛者。斯人也，何人也？非所谓"不夷不惠"者耶？所谓"出乎其类""游方之外"者耶？非所谓"逃名而名我随，避名而名我追"者耶？公欲知其姓名乎？请索琼茅，为公卦之，其谣曰："鸿渐之箨，实为我氏；不知其字，视元宝之名，不知其名，视言偃之字。"既得失占，颇欲自秘，又非闻善相告之义。公其无谓"龟策诚不能知事。"（《再答陆务观郎中书》）

按，熟知晚明小品的人们应该知道，诚斋书札正是上等的幽默文字！我还要说，往昔陈石遗先生谓诚斋为人作序文，往往即如诗话；我也说，你寻遍了无数诗话，恐怕也很难找到能与这篇书札媲美的诗话吧？

八、笑与"不笑"

《宋诗抄·诚斋诗抄》引言有一句话，关系很大：

不笑，不足以为诚斋之诗

笑使"诚斋体"（《沧浪诗话》）别开生面，自成一家。

笑有笑的哲学，自然也会有笑的诗。不过"不笑"也并不见得不成其为诚斋之诗。这一点理应先加以辨识。

《晓出净慈寺送林子方》（二首录一）
毕竟西湖六月中，风光不与四时同；
接天莲叶无穷碧，映日荷花别样红。

像这首著名的小诗，读之久很觉平实无奇，别无笑逐颜开的必要。而它是大方地、自然地写万象（"万象毕来"——《荆溪集》自序）之一角，如此而已。

《读渊明诗》

少年喜读书，晚悔昔草草；

迨今得书味，又恨身已老！

渊明非生面，稚刿识已早；

极知人更贤，未契诗独好。

尘中谈久睽，暇处目偶到；

故交了无改，乃似未见宝！

貌同觉神异，旧玩出新妙；

雕空那有痕，灭迹不须扫。

腹腴八珍初，天巧万象表。

向来心独苦，肤见欲幽讨。

寄谢颍滨翁，何谓淡且槁！

像如此郑重写来的诗，既不琐屑，也不草率，不但与小巧无丝毫关系，倒似乎是“平大之风”“若公输氏，当巧而不用”；读之有庄子谐，它也是“诚斋体”诗。“何谓淡且槁”，不是“天问”，却是一句严格的答难，令人感到诚斋的“思无邪”。自然，“不笑”也是诚斋之诗；而笑，并不是“邪”。

不但此页，有时诚斋还能写富有"理趣"的诗，这却是"庄谐杂陈"的。例如：

> 《初入淮河四绝句》（录一）
> 中原父老莫空谈，逢着主人诉不堪！
> 却是归鸿不能语，一年一度到江南。

> 《和张功甫病中遣怀》
> 人自穷通诗自诗，管渠人事与天时！
> 鹤长未便嫌凫短，梅早那须笑杏迟。
> 公子近来恢说病，老夫秋至不成悲。
> 人生随分堪行乐，何必兰亭与习池。

　　开端一句就显示出诚斋是有头脑者，"诗能穷人"若不是具大的普遍性的社会心理，又碰巧落在文章最富韵味的欧阳修手里，更是不胫而走了。本来这里含有大量的讽刺意味，而在一老人心目中却把它当作真理，从正面接受了它。不接受它的，也大有人在，例如诗家如陈后山，这位著名的苦吟诗人就说"诗能达人！"其实，这里误解了"诗能穷人"或"穷而后工"的深刻的寓意。我们听起来正仿佛在《少年维特之烦恼》之后，出现了无聊的《少年维特之喜悦》一样可笑！似乎"人自穷通诗自诗"更近真理了。

《观书》

书册不可逢，逢得放不得；

看得眼昏花，放了还太息。

掩卷味方深，岂问忘与忆。

是身何曾动，忽然超八极；

只言半窗间，不是华胥国。

《读退之李花诗》

桃李岁岁同时并开，而退之有'花不见桃惟见李'

之句，殊不可解；因晚登碧落堂，望隔江桃李，桃

皆暗，而李独明，乃悟其妙。盖炫昼缟夜云。

近红幕看失燕脂，远白宵明雪色奇。

花不见桃惟见李，一生不晓退之诗。

《七月二十三日题李亨之墨梅》

夏热秋逾甚，寒梅暑亦开。

无尘管城子，幻出雪枝来。

《田家乐》

稻穗登场谷满车，家家鸡犬更桑麻；

漫栽木槿成篱落，已得清阴又得花。

《过上湖岭望招贤江南北山》（四首录一）

晓日秋山破格奇，青红明灭舞清漪；

画工著色饶渠巧，便有此容无此姿。

《下鸡鸣山诸滩望柯山不见》（三首录一）

莫怪诸滩水怒号，下滩不似上滩劳；

长年三老无多巧，稳送惊湍只一篙。

《跋徐恭仲省干近诗》（三首录一）

传派传宗我替羞，各家各自一风流；

黄陈篱下休安脚，陶谢门前更出头。

像这类都显得很正派，大雅，但又绝不板起面孔、正襟危坐的样子说话，所以可贵，可亲可敬。昔贤有云："雅而未正犹乎，正而不雅，去俗几何！"诚斋自己说过："古人之诗天也，今人之诗，人焉而已。"有人说这"不似讲翻案法者。"

按，讲翻案法，本是诚斋深一层的用心所在，诚斋晚年又《读张文潜诗》："晚爱肥仙诗自然，何曾绣绘更琱镂。春花秋月冬冰雪，不听陈言只听天。""山谷前头敢说诗，绝称'漱井扫花'词；后来全集教渠见，别有天珍渠得知？"这也正是诚斋的心得。

> 《题浩然李致政义概堂》
> 非侠非狂非逸民，读书谋国不谋身；
> 一封北阙三千牍，再活西州六万人！
> 雨露晚从天上落，芝兰亲见掌中新；
> 仁心义概丝纶语，长挂巴山月半轮。

按，宋儒的"变化柔质"是最高境界，所指自然，是文化教养的结果。

至于笑，诚然是诚斋的本色：

> 《含笑》
> 大笑何如小笑香？紫花不似白花妆；
> 不知自笑还相笑，笑杀人来断杀肠！

这就纯粹是玩笑诗了。假如一个人作诗能做到不像作诗，倒像游戏，是值得人们赞美的！

让我们共欣赏诚斋真正的笑的诗，除了说寓庄于谐，再没有别的杂质了：

《春菜》

雪白芦菔非芦菔，吃来自是辣底玉；

花叶蔓青非蔓青，吃来自是辣底水；

三馆宰夫传食籍，野人蔬谱渠不识。

用醯不用酸，用盐不用咸。

盐醯之外别有味，姜牙枨子仍相参；

不甄亦不釜，非烝亦非煮，

坏尽蔬中腴，乃以烟火故。

霜根雪菜细缕来，瓶瓶夕幂朝即开。

贵人我知不官样，肉食知我无骨相；

祇合南溪嚼菜根，一尊径醉溪中云。

此诗莫读恐咽杀，要读此诗先捉舌！

《晚寒题水仙花并湖山》（三首录一）

链句炉槌岂可无，句成未必尽缘渠；

老夫不是寻诗句，诗句自来寻老夫。

《泊平江百花洲》

吴中好处是苏州，却为王程得胜游；

半世三江五湖棹，十年四泊百花洲；

岸傍杨柳都相识，眼底云山苦见留！

莫怨孤舟无定处，此身自是一孤舟。

《鹅篆滩》

不傅右军字，且留房相池；

新雏黄似酒，把酒看群嬉。

《无热轩》

南北与东西，溪光仍树色；

人间无热轩，物外清凉国。

〔陆龟蒙诗云溪山自是清凉国〕

《梨花原》

禁火晓未暖，踏青昏恰归；

何堪一原雪，将冷入春衣！

《岁寒亭》

冷笑元无味，孤高别有心；

谁将桃李眼，雪里鲜相寻。

诚斋是善笑的诗人，他的笑意往往引人会心的微笑，他的笑意与末世"打油"诗固然相去不啻天壤之别。但我们须要注意的是，它们相去又不过只一发之间隔；特别值得用心的是：即冷嘲（"冷笑"）他都不大热心，诚斋的诗确实近似"热讽"。这应该是我们对诚斋之笑的起码的认识。诚斋之笑是富有慧心的。

最后，请容许再抄几首真实的笑诗，作为结束：

《轿中看山》

买山安得钱，有钱价不贱。

住山如冠玉，人见我不见。

世言游山好，一峰足双萤；

峰外复有峰，历尽独能编。

不如近看山，近看不如远；

请山略退步，容我与对面。

我行山忻随，我住山乐伴；

有酒唤山饮，有薇分山馔。

隔水绝高寒，蒙云偏旧绚。

雨滋青弥深，日炫紫还浅。

端居忽飞动，遐逝即回转；

孤秀呈复逃，层尖隐还显；

掇入轿中来，置在几上玩。

略行三两驿，已阅百千变；

非我去旁搜，皆渠来自献。

寄言有山人，勿卖亦勿典；

金多汝安用？价重山亦怨！

估若为我低，伤廉又非愿。

山已在胸中，岂复有余美？

美心固无余，更借山一看。

《天丝行》

天孙懒困地云机，却倩月姊看残丝；

玉兔偷将乞风伯，和机失却天未知。

风伯得丝那解织，未尝躬桑那解惜。

掀髯一笑戏一吹，散入寒空收不得。

晓来翠岭莹无痕，片云忽裂落岭根。

须史吹作万缕银，乃是天丝不是云。

远山成练不曾卷，近林成纱未轻剪。

坐看斜飞拂面来，分明是丝寻不见。

元来著面化成水，是水是丝问谁子。

《怪菌歌》

雨前无物撩眼界，雨里道边出奇怪；

数茎枯菌破土膏，即时与人一般高。

撤开圆顶丈来大，一菌可藏人一个。

黑如点漆黄如金，第一不怕骤雨淋。

得雨声如打荷叶，脚如紫玉排粉节。

行人一个掇一枚，无雨即合有雨开。

与风最巧能向背，忘却头上天倚盖。

此菌破来还可补，只不堪餐不堪煮。

《安乐坊牧童》

前儿牵牛渡溪水，后儿骑牛回问事；

一儿吹笛笠簪花，一牛载儿行引子。

春溪嫩水清无滓，春洲细草碧无瑕。

五牛远去莫管他，隔溪便是群儿家。

忽然头上数点雨，三笠四蓑赶将去。

《明发四望山过都昌县入彭蠡湖》
众船争取疾，直赴两山口；
吾船独横趋，甘在众船后。
问来风不正，法当走山右；
不辞用尽力，要与风相就。
忽然挂孤帆，吾船却先走。

凡此，读之都令人深感启人心智，心花怒放。诚斋之笔墨诚有
如兔起鹘落，鸢飞鱼跃之感。诚斋笑的诗其笑令人怡悦，并不
是使人捧腹大笑而快乐，譬俗文学之有"相声"：这一点必须
辨识清楚。故知，笑，非诗之背景，笑的诗之背景是头脑，是
思致，是机智。一旦我们读另外一种"不笑"的诗，便更能加
倍地看清对笑的诗识辩是多么必要了。这里仍举例言之：

《雨后泊舟小箬回望灵山》
灵山相识已平生，雨后精神见未曾；
一朵碧莲三万丈，数来花片八千层；
云姿雾态排天出，竹杖芒鞋欠我登；

美杀峰头头上寺，厌山不看是诸僧。

《读唐人于濆、刘驾诗》

刘驾及于濆，死爱作愁语，

未必真许愁，说得乃尔苦。

一字入人目，蜇出两睫雨；

莫教雨入心，一滴一痛楚！

坐令无事人，吞刃割肺腑。

我不识二子，偶览二子句，

儿曹劝莫读，读著恐愁去。

我云宁有是，试读亦未遽。

一篇读未竟，永慨声已屡！

忽觉二子愁，并来遮不住！

何物与解围，伯雅烦尽语。

《送邱宗卿帅蜀》（三首录一）

谕蜀宣威百万兵，不须号令自精明。

酒挥勃律天西椀，鼓卧蓬婆雪外城。

二月海棠倾国色，五更杜宇说乡情。

少陵山谷千年恨，不遇邱迟眼为青！

224-

这些诗，可以谓之唱叹了！

按，纪晓岚批语曰："三诗俱好。此首尤佳！诚斋极谨严之作。五、六艳而警。"

上述多系《朝天续集》《江东集》里的诗。此后诚斋就不再出山了。宁宗庆元元年（一一九五）有召，辞不赴。五年，遂谢禄致仕。开禧元年，召赴京，复辞。二年（一一〇六）升宝谟阁学士。是年卒。年八十整。最后约十四年有《退休集》，独无序。恐非经诚斋手订者。——诚斋诗九集，计共四千首有奇。全集百卅三卷，今存。

九、诚斋家居

诚斋末集曰《退休集》，包括绍熙四年癸丑（一一九三）至开禧二年丙寅（一二〇六），即诚斋六十七岁至八十岁，共十四年的诗。前八集皆有小序，《退休集》独无序。想见索然无味，也未可知。

这里我们很自然地碰上了一个新的课题：即一个人写了一辈子诗，是否应该是最后的诗最好？也即是说是否艺术的顶峰真的像山岭一样顶峰也在最高处，即最后的时间才是？自然"顶点倒降"者以及以"少作"为佳胜者不算，我们讲的是通常的光景。

我的答复是，要按照各个个人的状况，分别来看，像其他事物一样，并无一定的规律可言，有规律也是暂时适用的，绝对不能一成不变。"变"自身也未必即使规律，因为假如有二三人相似，虽大同小异，也就不成其为规律了。譬如杜少陵诗，他的诗的艺术最佳胜，写来最有把握，但他的诗的最高成就是七五九，即少陵一生最坚苦的一年，这一年他写了《三吏》《三别》以及陇右所作，少陵时年四十八岁。所谓"夔州以后诗"，为山谷盛称；朱子（一位对《诗经》《楚辞》都有极大鼓吹贡献的哲人）比之于"扫残毫颖"。按，生硬颓秃，无碍其为大家、不当于多人有"益"与否为标准与尺度。……

在这个意义上，读诚斋诗也可以参考之。

诚斋说："好诗排闼来寻我，一字何曾愁白发。"诚斋绝对不会冤人。他的实感如此，请看这首诗：

《至后十日雪中观梅》
小树梅花彻夜开，侵晨雪片趁花回；
即非雪片催梅发，却是梅花唤雪来。
琪树横枝吹脑子，玉妃乘月上瑶台。
世间除却梅和雪，便是冰霜也带埃！

有人评论说："此《退休集》诗，最为老笔，千变万化，横说直说。学者未至乎此，不便以为率。"

"退休"了，不致永远在奔波劳碌，千辛万苦，在行役中作着行旅、游览之作了。"退休"了总该要比较安定些，虽然临终前犹为国是深感气愤，但绝大多类的时间是空闲的，更适宜作诗吧？

"退休"，在诚斋是十分在意，经心的事，有诗为证：

《东园幽步见东山》（四首）

日日花开日日新，问天乞得自由身；

不知白发苍颜里，更看南溪几个春？（其一）

何曾一日不思归，请看诚斋八集诗；

得到归来身已病，是侬归早是归迟？（其二）

为爱东园日日来，未曾动脚眼先开；

南溪顷刻都行遍，更到东山顶上回。（其三）

天赐东园食实封，东山加赐在园东；

东山山色浑无定，阴处青苍晒处红。（其四）

安定是安定，但决非过着养尊处优的生活，也很明显。有时甚至对自己作为诗人也感到不自满意：如《初夏即事》：

旋作东陂已水声，才经急雨恰新晴；

提壶醒眼看人醉，布谷催农不自耕！

一似老夫堪饿死，万方口业拙谋生。

嘲红侮绿成何事，自古诗人没一成！

周益公及其牛与诚斋是《三老图》中的人物，我们作为旁观者来看看诚斋的处境：

《上巳日周丞相少保来访敝庐留诗为赠》
杨监全胜贺监家，赐湖岂比赐书华；
四环自辟三三径，顷刻常开七七花；
门外有田聊伏腊，望中无处不烟霞。
却愁下客非摩诘，无画无诗只谩夸。

语云："旁观者清"，正是这样，诚斋的诗的源泉才不致枯涸。不但此也，我们终于了解到诚斋对诗的态度是何等的认真与严肃，这才是他的玲珑宝塔的坚固的基础：

《夜读诗卷》
幽屏元无恨，清秋不自任；
两窗雨横卷，一读一沾襟。
秪有三更月，知予万古心，

病来谢杯杓，吟罢重长吟。

诚斋自重如此。

又，《又自赞》云：

清风索我吟，明月劝我饮；
醉倒落花前，天地即衾枕。

清诗人渔洋山人有《吉水绝句》：

螺川川北字江西，沙暖洲喧咫尺迷；
才过元宵如上巳，春山处处郭公啼。

注云：

吉水，在县东北十里，此水源出。有波文，成吉
字。（见《乐史寰宇记》）

自注①云：

---

①此处"自注"指渔洋诗中的"自注"。——编者注

文江，一名字江。

《吉安志》：

> 螺湖绕府城西北而东流入赣江。

又，《吉水道中望杨诚斋故居》：

> 江行尽日爱清晖，峡远江更碧四围；
> 几处峰青临水照，一群鱼翠拂船飞；
> 重阴澹澹将成雨，岚气濛濛欲湿衣；
> 髣髴南溪杨监宅，苍苔白石绕岩扉。
> 〔"江淮有水禽号鱼吊，翠羽而红首。崔德符诗：翠裘
> 锦帽初相识，鱼儿湾环掠岸飞。"见周少隐《竹坡诗
> 话》。"诚斋自秘书监退休南溪，老屋一区，谨庇风
> 雨。"见《鹤林玉露》〕

按，诚斋《退休集》四一，有《谢苏州使君张子仪尚书赠
衣服送酒钱》，诗末自注云："南溪，仆所居村名，'竹烟波
月'，用来教语。"诗云：

香山老益窭，欲卖宅与田；

荆南赠春服，侍中送酒钱。

何如韦苏州，一日兼两贤：

酒钱随春服，并至南溪边。

寄物已不轻，意更在物先；

仆也拙生理，巧亦营不前。

病废非为高，抛官十余年。

纸田蜗牛庐，纵卖谁作缘？

故人岂云少，衮衮青云端；

王弘不可作，范叔空自寒。

忽览苏州书，冷窗回春暄。

急褫九月绤，径追八酒仙。

竹烟为我喜，波月为我妍。

篱菊冻不花，一笑亦粲然。

醉中化为蝶，飞随虎丘山；

齐云已在眼，忽然远于天。

一结奇肆之极，果是"退休"后笔墨老到之作，但依旧是"活法"的产物，并无老手颓唐之嫌。

以上，是诚斋最后十年有奇的诗作的背景，他的南溪"老屋一区，仅庇风雨"，生活是比较清贫的。

此时，诚斋诗已臻完全成熟。我以为即笑与"不笑"也都不在话下了，虽然它是从那里发展起来的。

《南斋前众树披狂，红梅居间不肆，因为剪剔》

道是司花定有神，元来造化在诗人；

扫除碧树无情朵，放出红梅恣意香。

此类小诗，显然并不衰颓。——

《尝桃》

金桃两钉照银杯，一是栽来一买来；

香味比尝无两样，人情毕竟爱亲栽。

《赏菊》（四首录一）

老子生平不解愁，花开酒熟万年休；

若教不为黄花醉，枉却今年一片秋。

《白菊》（二首录一）

白菊初开也自黄，开来开去白如霜；

小蜂冻得针来大，不怕清寒嗅冷香。

《八月十三日夜望月》
才近中秋月已清，鸦青幕挂一团冰；
忽然觉得今宵月，元不粘天独自行。

《蛩声》
诚斋老子一归休，最感蛩声五报秋；
细听蛩声元自乐，人愁却道是他愁。

《蒲鱼港》
蒲牙长几何，已足庇玉尺；
只恐如主人，潜逃逃不得。

《暮春即事》
花时追赏夜将朝，花过痴眠日尽高；
又与山禽争口腹，执竿挟弹守樱桃。

《咏荷花中小莲蓬》
山蜂怕雨损蜂儿，叶底安巢更倒垂；

只有荷蜂不愁雨，蜡房仰卧万花枝。

《上元前一日游东园看红梅》

欲折红梅朵，看来不忍攀；

周回寻四处，恰得一枝繁。

《至后入城道中杂兴》

大熟仍教得天晴，今年又是一升平；

升平不在箫韶里，只在诸村打稻声。

《甲子春初即事》（六首录二）

只有观书乐，其如病眼何；

但令吾意适，不必卷头多。（其一）

人怨花迟发，天教暖早催；

不知要催落，却道要吹开。（其二）

《二月十四日晓起看海棠》（八首录一）

除却牡丹了，海棠当亚元；

艳超红白外，香在有无间。

《立春日》

何处新春好，深山处士家；

风光先著柳，日色款催花。

《落花》

红紫成泥泥作尘，颠风不管惜花人；

落花辞树虽无语，别情黄鹂告诉春。

《初夏病起晓步东园》（二首录一）

病起乌藤强自扶，三三径里晓晴初；

莺声只在花梢上，行去行来不见渠。

我们看到，诚斋垂老，兴致依旧那么高，设想那么美妙自然。

此外，他不但记得古今人物，而且依旧还记得儿童，诚斋心中似乎挂念着后者。

又，此外，我还发现诚斋写了些怪奇之作，这就逸出幽默的范围了。下面依次举例以明之：

《答赋永丰宰黄岩老投赠》

吾友萧东夫，今日陈后山，

道肥诗弥瘦，世忙渠自闲。

不见逾星终，每思即凄然。

都邑黄永丰，与渠中表间，

黄语似萧语，已透最上关。

莫道不是萧，萧乃堕我前。

佳句鬼所泣，盛名天甚悭。

诗人只言黠，犯之取饥寒；

端能不惧者，放君据诗坛。

《谢张功父送近诗集》

十年不梦软红尘，恼乱闲心得我嗔。

两夜连缲约斋集，双眸再见帝城春。

莺花世界输公等，泉石膏盲叹病身。

近代风骚四诗将，非君摩垒更何人！

〔四人：范石湖、尤梁溪、萧千岩、陆放翁〕

《寄张功父、姜尧章，进退格》

尤萧范陆四诗翁，此后谁当第一功？

新拜南湖为上将，更差白石作先锋。

可怜公等俱痴绝，不见词人到老穷；

谢遣管城侬巳晚，酒泉端欲乞移封。

〔功父诗号《南湖隽》，尧章号白石道人〕

《跋写真刘敏叔八君子图》

一代一两人，国巳九鼎重；

如何八君子，一日集吾宋！

古人三不朽，诸老一一中。

久别不相逢，相对恍如梦。

《读白氏长庆集》

每读乐天诗，一读一回好；

少时不知爱，知爱今巳老。

初哦殊欢欣，熟味忽烦恼；

多方遣外累，半巳动中抱。

事去何必追，心净不须扫；

追叹欲扫愁，自遣还自扰。

不如卷此诗，唤酒一醉倒。

狂歌商仙诗，三杯通大道。

《端午病中止酒》

病里无聊费扫除，节中不饮更愁予！

偶然一读香山集，不但无愁病亦无！

下面让我们再看看诚斋对儿童是如何念念不忘的：

《与伯勤、子文、幼楚同登南溪奇观，戏道旁
群儿》

蒙松睡眼熨难开，曳杖缘溪啄紫苔；

偶见群儿聊与戏，布衫青底捉将来！

《归路遇南溪桥》（二首录一）

霜风一动岭云开，云外樵歌暮更哀；

童子隔溪呼伴侣，并驱水牯过溪来。

《观社》

作社朝祠有足观，山农祈福更迎年！

忽然箫鼓来何处？走杀儿童最可怜！

虎面豹头时自顾，野讴市舞各争妍。

王侯将相饶尊贵，不博渠侬一饷癫。

诚斋依旧不能忘情于他的笑：

《夏夜露坐》（二首录一）
山翠都成黑，天黄忽复青；
月肥过半壁，云瘦不遮星。
瓦鼓三四只，村酤一两瓶；
人皆笑我醉，我独笑渠醒。

《二含笑俱作秋花》
秋来二笑再芬芳，紫笑何如白笑强？
只有此花偷不得，无人知处忽然香。

像"紫笑""白笑"，以及下面的"鸡笑"这类创造性，较诸飞卿著名的"浅笑"要大胆得多了！鸡鸣本有曰"鸡啼"的，而诚斋曰"鸡笑"，殊特耐人寻味了！

《寒鸡》
寒鸡睡著不知晨，多谢钟声唤起人；
明晓莫教钟睡着，被他鸡笑不须嗔。

《重九后二日同徐克章登万花川谷月下传觞》

老夫渴急月更急，酒落杯中月先入；

领取青天并入来，和月和天都蘸湿。

天既爱酒自古传，月不解饮真浪言。

举杯将月一口吞，举头见月犹在天。

老夫大笑问客道，月是一团还两团？

酒入诗肠风火发，月入诗肠冰雪泼。

一杯未尽诗已成，诵诗向天天亦惊。

焉知万古一骸骨，酹酒更吞一团月。

像这样特殊幽默，如果让爱月亮的李白看到了，岂不将加倍地指出"饭颗山头"的苦吟者，是更加消瘦了？故知有人把诚斋与李白相比，确实是其为相宜的。

最后我们应该看到像诚斋笑谑对他的品格的严肃端正，绝无抵触之处，这位罕见的中国唯一的幽默诗人对政事十分关心，且有定见。诚斋祭尤延之云：

> 齐歌楚些，万象为挫；环玮诡谲，我唱公和。放浪谐谑，尚及方朔；巧发捷出，公嘲我酢。

诚斋是此心光明，绝无阴暗的。

但是，《馀冬序录》的记载说：

　　侂胄权日盛，遂忧愤成疾。家人不敢进邸报，适族子自外至，言侂胄近状，诚斋痛哭！呼纸书曰："奸臣专权，谋危社稷；吾头颅如许，报国无路，惟有孤愤！"别妻子，笔落而逝。（《南宋杂事诗注》）

一代伟大的幽默诗人之死，就是这样既郑重，又潦草！

十、怪异之作及其他

笔者发觉诚斋有三种怪诗，一种是我们也许要怪诚斋会关心到此琐屑事。一种诗不过写得"怪丽"而已。又一种是诚斋的见地非常令人感到特异，我们不能通懂，一方面又难于接受。今依次举例说之：

第一种：

《十山歌呈太守胡平一》（录一）

螺冈市上，恶少为群，剽掠行旅，民甚病之！太守寺正胡公，命贼曹禽其魁，杖而屏之远方；道路清夷，遂无豺儿。塗歌野咏，辄摭其词，骊括为山歌十解，庶采诗者下转而上闻云。

群盗常山蛇势如，一偷捕获十偷挟；
十偷行赂一偷免，百姓如何奈得渠。

我认为这是诚斋误以为诗的功用无所不在，无论什么都可以作为诗材，这样自然是不成的。社会治安当系政治大事之一部分，但此种关乎实际措施的问题，诗人去伸入一只脚，有何必要呢？而美其名曰"山歌"，实际令人莫解。

第二种：

《夏至雨霁与陈履常暮行溪上》（二首录一）

西山已暗隔金钲，犹照东山一抹明；

片子时间无变色，乍黄乍紫忽全青。

写色彩够怪丽的！

《秋日早起》

鸡鸣钟未鸣，不知乡晨否？

起来恐惊众，未敢启户牖。

残灯吐芒角，上下雨银带。

定眼试谛观，散作飞电走。

《晚饮》

大醉或伤生，不醉又伤情；

此事两难处，后先有重轻。

醉后失天地，余生底浮萍。

愁城不须攻，醉乡无此城！

此种[1]想颇近现代怪奇幻美风格，便不复是幽默范围所有的。
此种诗散在诚斋九集里，这里不便一一标举，兹再录一首特异
的诗，值得研究：

《与长孺共读杜诗》

病身兀兀脑岑岑，偶得儿曹文字林；

一卷杜诗揉欲烂，两人斋读味初深。

斫肝枉却期千载，漏眼谁曾更再寻；

笔底奸雄死犹毒，莫将饶舌泄渠心。

这是什么意思呢？我惭愧读不懂，不识何所谓？——我宁愿留
此一个问题，不求答复，由诚斋的诗作一条不见尾的神龙吧。

　　按，从来有反对杜甫的人，一些诗论家有的虽反对杜甫，
但终于被认为是杜甫的知己，如朱瀚就是。这里诚斋显然亦是
看穿了老杜的某种深刻的情思，——究竟它是什么，可惜笔者
无从说起罢了。

　　①原稿此字难以辨识，暂阙。——编者注

这是否关乎诗人之死呢？很难说。

我们不能从猜测上论述什么，故终于只好是从略了。耒阳人案至今聚讼未已，益可衰矣！

我补读许多诗人的专集时，发见在诗之外，他们都能写一笔很好的论文，不像杜甫那样诗文差别那么大；陶渊明苏东坡诗全材，不必说了，我读秦少游，张耒，发见他们都能有所论述，都曾使我获益匪浅！南宋如陆游、辛弃疾各有自己的长处，他们在大量的诗或词之外，都写了不朽的散文著作。

诚斋除了著名的《千虑策》《庸言》，还有更完整的《心学论》（包括《六经论》与《圣徒论》）。都是极用心的著述。这里随手摘其《庸言三》之一、三、六，三条录如下：

或问知变化之道，何谓变化？杨子曰：荣变而枯，末离而本不离；冀变而素色改，而质不改；此变也。鹰化为鸠，见鸠不见鹰；草化为萤，见萤不见草；此化也。变者，迹之迁，化者，神之逝。（一）

杨子曰：国家之败，其败者败之欤？抑亦与者败之欤？家有范，人有表；范完而表端，罔或亏侧矣。唐太宗谓其子曰：吾有济世之功，是以纵欲而人不

议；然则，败唐者，太宗也，而非高宗也。（二）

　　杨子曰：天行健，君子以自强不息；地势坤，君子以厚德载物；非赞天地也，以天地责诸身也。（三）

　　此类说理文字，均极精炼，读之如食谏果，而谏果回甘。全无读了等于不读。

　　有时读罢未甚苦，并不其甘如荠，则"此是庐山云雾茶"也！我也来举一个例，如《千虑策·治原》上文中有云：

　　"天之生万物者，春也。而生春者，非春也；日之明万物者，昼也；而生明者，非昼也。春不能生春，则生春者冬也；昼不能生昼，则生昼者夜也。

　　"冬者，天之晦，而夜者，日之晦；然则，和者，战之晦也欤？

　　"虽然，为国者患无其晦，亦患有其晦；有其晦者而用其晦者，晦也。有其晦而安其暇者，偷也。是故晦能福人之国，亦能祸人之国。孟子曰：'国家闲晦，及其时，明其政刑，虽大国必畏之。'此用其晦者也。又曰：'国家闲晦，及其时，槃乐怠傲，是自求祸。'此安其晦者也……"又云：

　　"夫无晦则忧，有晦则休；天下之事，百变如云，万转如轮；一旦敌人又动，则又曰无晦；目不知法度纪纲教化刑政之具所以开中兴、起太平者，何时而议哉？诗云：'淇则有岸，湿则有畔'；今欲治而茫无畔岸，及欲不惧，得乎？"

像这样有所用心的文章，足以说明我们的罕见的幽默诗人的心胸，天地是多么广阔，是多么淳朴了。

我们这里不能论"文"，尤其不能谈政，笔者并无意于说那等于谈龙说虎，不是的。我们的"岸畔"在于介绍一位南宋与哲学有关系的诗人，简单地谈谈他的特色，也不能很详瞻，如此而已。

十一、小结

近人钱默存先生说：

"放翁万首，传诵人间；而诚斋诸集，孤行天壤间数百年，几乎索解人不得，……"（谈艺录一三五页）又：

"近人陈石遗先生亦最嗜诚斋，详见其《诗话》及《艺谈录》。"——换一句话说，即直至清末民初间"宋诗运动"兴起，诚斋诗始重见天日。钱氏又云：

"至作诗学诚斋，几乎出蓝乱真者，七百年来，唯有江韬叔；张南湖虽见佛，不如韬叔之如是我闻也。世人谓《伏敔堂集》出于昌黎、山谷、后山，尽为彭文敏李小湖辈未定之论所误耳。"（同上）

予三十八岁时偶在坊间得睹徐山氏重刻本《诚斋诗集》，经目经心，竟未能及时买归，终于失之交臂！正是这个原因促使我于有生之年，最后写此《诚斋评传》，虽不成功，亦所不悔也。清潘定桂《读诚斋诗集九首》，第九首末云："辛苦山民收拾去，诚斋千古一功属！"原注云："先生诗集久零落，自吴江徐山民重刻，始见全集。事详本集自序。"（《楚庭遣集》后集卷十九）清于源《镫窗琐录》卷六：

"郭频伽丈尝选辑《诚斋诗集》，丹叔手录一过，灵芬山攀集集中颇子衿赏。徐山民待诏刻之。今年始从赵静香丈乞得一部，并索山民遗诗，不得，甚怅怅。顷于味梅处得钞本数十叶，亦足见一斑。山民亲炙随园，不染其派，最为有识。录其'《诚斋集》付梓将竣，过昆陵谒赵云菘观察求序，不值，舟中题《瓯北集》后'云：

"'未瞻公面公诗，何异亲承王尘时；古语何妨随手拾，坡仙可奈系人思。药方不死都经验，删罢长吟只自知。旗鼓只今谁可敌，仓山缥缈鹤迟。

"'范陆苏杨并世传，诚斋何独佚遗编？宣扬定自广长古，淹久如伤迟暮年。弁首文谁能下笔，当今公不愧先贤。校雠岂少乌焉误，可惜犹悭字缘。'"（转句自湛之编《杨万里范成大卷》）我抄录这一段记载就只是为了弥补我的过失，但也是对徐山民的尊敬。其实历代都不乏欣赏诚斋的人，其中也有的还富有情趣，例如宋之方岳的两个梦，就十分引人入胜，今先录其一之诗题云："夜楚至何许，岩壑深窈，石上苔痕隐起如小篆。有僧谓予曰：'杨诚斋、范石湖题也。'明日读洪舜俞登

《玲珑》诗，有：'几人记曾来，老苔蚀珊瑚镂'之句，恍然如梦，因次韵记之。'诗长不录。又一首云：

"梦放翁为予作贫乐斋扁，诚斋许画斋壁，予本无是斋，亦不省诚斋之能画也。"诗云："晴窗欲晓鸟声春，唤起藜床人定身；老去不知三月暮，梦中亲见两诗人。"（《秋崖先生小稿》卷五）可入人梦，从诚斋这方面说，可以说是深入人心了。

还有清全祖望《宝甀集序》，曾给我们以很大的启发，今节录如下：

"因念世之操论者，每言学人不入诗派，诗人不入学派；吾友杭堇浦亦力主之。余独以为，是言也，盖为宋人发也，而殊不然。张芸叟之学出横渠，晁景迂之学出涑水，汪清谿、谢无逸之学出于荣阳吕侍讲，而山谷之学出于孙莘老，心抑于范正献公醇夫，此以诗人而入学派者也。杨尹之门，而有吕紫微之诗，胡文定之门而有曾茶山之诗，湍石之门而又尤遂之诗，清节先生之门而有杨诚斋之诗，此以学人而入诗派也。"（《鲒崎亭集》卷卅二）这一段历史上发生过的实例，使我顿开茅塞！我终于弄明白了，徒有诗才而无诗学是终不能有所成就的！自然，有所谓"学人之诗"，此种名词未免过于刺戟，是不足取的。

诚斋诗有"创造性"本是我们的大传统所有的，但以诚斋之才，如果无"学"以辅之或作他的背景，他的诗方不能说是"罕见的"。——为什么我终于要把"唯一的"换上"罕见的"，鄙意倒并不在于有王季重在我心目中占了地位的缘故，王季重的诗实在并不幽默，他只是个幽默者（人）。这就是我的题解了。

陈石遗先生评诚斋《峡山寺竹枝词》（"一滩过了一滩奔"），"末句用吞笔，似他人所未有。"确是眼光犀利。然譬如书法，清钱南园（沣，字东注，昆明人。）之学颜逼肖，而其特长，与他学颜有别，他人只知聚，不知散；只知含，不知拓；南园是散拓兼之。此种兼顾，不仅是心得，其来源是书法有道，即是学。

我所钦佩的就在于，诚斋是"理学"之徒，而他是诗人，故无"道学"头巾气，而具备了"理气"的正气。故他之爱社稷，爱人，恶人，均不下于放翁。放翁自道云："我不如诚斋，此论天下同。"这里适足以见放翁的谦虚与诚挚，殊不可及也。反过来看，诚斋对放翁是非常尊敬爱护的。两家诗文俱在，这里就不复饶舌了。

一九八三年八月卅日上午草成，于北京樨西精舍

《笑与"不笑"》（诚斋评传）后序

　　予四读诚斋诗，乙未、庚子、己酉、壬子，其间有详有略；癸亥新秋即据已往四读草成《笑与"不笑"》，自然是草率得很。

　　己酉灯节之夕，《题诚斋序文》，其辞云：

　　　　昔能悔悟今来变，城市山林两得之；
　　　　一世庄谐离俱美，杂陈仅可在言词？
　　　　〔"江湖"有悔，"荆溪"有悟，"南海"有变，
　　　　见集序。又尝云："心在山林而人在城市，是二
　　　　者常巧于相违而喜于不相值"云云。又跋云：尝
　　　　拟草诚斋评传，未果，仅率成小诗数首，殊无
　　　　谓，旋弃之。己酉上元日，偶晚入寝，饮茶，读
　　　　诚斋各集小序，看似草草，实极洒脱。读山谷
　　　　《小山词序》，张文潜《贺方回乐府序》，远倪云

林《谢仲野诗序》，皆有同感。因思古之君子，信不可及！遂挥毫草二十八字。可者不可也。盖枯桑海水之体如此。清榆于北京樏西精舍〕

《壬子惊蛰〈读诚斋文二首〉》
诚斋文妙掩于诗，秋雨谋篇赋九思；
逝水悠悠千载下，吾庐虽破尚微辞。（其一）
诚斋文妙掩于诗，人物东南想见之；
白醉窗前浮白堕，黄明塞上望黄芝。（其二）

　　癸亥春夏之交，海外潘虚之先生受赠予诗及书，作《樏西精舍笔谈三首》（诚斋体）：

想见先生花拂飔，南囿散拓总兼之；
生熟横逆从心欲，仿佛夔州以后诗。（其一）
太阳系并非宇宙，十二生肖特怪奇，
牛马凭呼况鸟兽，琴心有趣竖横宜。（其二）
〔竖，指壁画《奥菲西斯与畜生》〕
公书端劲出真卿，散拓兼之谓善评；
果作诚斋"活法"看，枯枝斜挂死蛇倾。（其三）

254-

〔三句说虚之先生，第四句说自己。七绝有此一体〕

这是我第一次用诚斋赞美人，而且是以诗比书法，因为此刻《笑与"不笑"》即将结束了。换一句话说，我的这本小书于现实似乎还不致不着边际吧？

因将历次用心贯串起来，权且留作后序即自序可也。

一九八三年八月廿七日，皂白老人，于北京无春斋